如果我有勇氣失去你

文字／攝影
原子邦妮

【燦爛推薦】

勇敢可以如此耀眼——手寫作家　旎好

先知道結局的人是不是其實比較勇敢。
如果可以接受最壞的結局，擁有失去你的準備，我是不是就可以，若無其事，用盡全力，去愛你。
不會讓你察覺，我為你建立的所有美好，背後都藏著我傷心……
原子邦妮的文字裡描繪了你我身邊最些微的日常，普通的戀愛、普通的在意、普通的傷心；是那樣平凡，卻如此耀眼。
慶幸能在原子邦妮的歌裡勇敢、也能在文字裡溫柔。
別怕，傷雖然不一定會好，但你總會帶著傷長大，也一樣美麗。

因為喜歡，所以觸動——作家　知寒

文字提供的意象有時候更令人動容，是因為它所呈現的畫面是沒有框架的、是不受限的、是未定型的，與每個人的主觀經驗相結合後，會產生千百萬種不同的組合，而我們得以在那樣或許是世上唯一的組合裡，跟著那些字句、發音、符號去活過一遍、愛過一遍，何其幸運。

作品的好與不好，或許很難去定義出一個絕對的標準，但我所能表達的是，我對它的喜歡，和他們的音樂各自展現了對不同面向的真摯與探索，樸實平凡的故事，靜水深流的觸動。

一起抵達光的所在——故事作家　狼焉

第一次聽原子邦妮是二〇一八年初的那個冬天，迷幻的電子音樂裡透明的嗓音說了那句「該出發了吧，謝謝你曾經讓我悲傷」。而這次，他們用恬靜的文字與照片，勾勒出七個青春故事，帶我們抵達光裡。

序

悲傷的抗體

——查查

二〇二〇年間，世界爆發了COVID-19的疫情，雖然台灣也受到波及，許多工作開始延宕，但也許我們還算得上是幸運。在此期間，我們培養出了露營的興趣，能避開人潮，享受自然，可以說是不能靠出國療癒時的一項洗滌身心的活動。「我想我們可以靠著這樣新的步調，調整自己工作和生活的比例」當時我們還抱持著這樣類似於旁觀者的樂觀心情。

一直以來都有寫日記的習慣，並且對日記本的品牌有所偏執的我，近年都只選用某一家日記本。二〇二〇年底，該品牌推出二〇二一年日記本，是一本全黑設計，上面寫著「we're all mad here」字樣。當時我遲疑了一陣，因為我向來喜歡亮色系的日記本，而且對於日記標語，總覺得不是那麼樂觀。但是因為對品牌有所偏執，於是我也沒有什麼選擇地購入。

然而二〇二一開始沒多久，我就陷入了一如這本日記底色一般的黑色裡。家裡跟我感情最好的貓咪——女神奧莉（沒有錯，就是這個名字，她甚至有自己的粉專），開始被病因不明的各種症狀纏身。會說跟我感情最好，也許是擅自決定，但對我來說有理可循，因為她總是在我工作時待在一旁守候，在我睡覺前也是她趴在我的肚子上而沒有選擇別的地方，平常指使我做這做那（而不是指使其他人），跟著我們到處搬家，參與各種錄音，可以說是元老級的貓咪。歷經幾個月的醫院生涯，她在被確診為貓的罕見自體免疫疾病後的一個月，撒手貓寰。之後我們開始置身漂浮般的痛苦裡。我不敢把這種感覺形容得太嚴重，因為總是有人會告訴你，那畢竟只是貓而已……但我確實知道，很多負面的思考和能量在這段時間襲來。從剛開始的以淚洗面，每天剛醒來就是先哭，再到作息極度失衡，日夜顛倒，動力全失，更在不久之後，台灣也迎來了這個地方真正的COVID-19疫情，這裡的人們也被迫從旁觀者的角色開始身歷其境。

「we're all mad here」，日記本上的文字似乎已經定義了我對這一年的論述。

可是我和我的夥伴羽承都不想就此認輸，我知道。

我們在看似麻木、不能出門、到時間看著疫情記者會的日常裡，試圖找回失序的腦袋。慢慢地，我們開始寫歌、開始思索這本新書的內容。許多早就構思好的故事，在這一年情緒時機的醞化下，它們也許都染上了沒有預想到的淡淡憂傷，但因為我們在這樣的時間點，有了更多機會跟家人、跟自己，還有跟潛意識相處，很多被隱藏的回憶和思緒，因此顯現，並且被記錄下來。

到了年底，這個地方又經歷了奇蹟式的復甦。「we're all mad here」，現在我已經可以坦然面對這句標語，這其中不是只有負面的意思，還有許多我們自己因為想對抗悲傷、對抗近似異變的世界而做出的奮鬥。我們確實很瘋狂，在眾人一起陷落之後，又一個勁地拚命向上爬，雖然大家還不太清楚，會到哪裡去，但在這個過程，與其說想要產生一本能夠療癒陪伴大家的書冊，倒不如說極度需要被治療的我自己，誠實地描述這一切，並且分享給擁有同樣軌跡經驗的人們。

這本書叫做《如果我有勇氣失去你》，在這段時間，我們充分體悟了，因為不能接受失去，所以無法往前；因為不了解真實的自己，反而不知道該怎麼去愛的心情。願所有看見這本書的朋友，我們都可以在失去與擁有間，找到那些真正想守護的人事物和價值，並在有限的時間裡，毫無保留勇敢地愛。

序

離別的抗體

——羽承

二〇一九的年底，我們在冰島拍攝《在名為未來的波浪裡》專輯MV，隔年的年初，如往常我會回到紐西蘭與家人團聚過年。但這次的農曆年很不一樣，在紐西蘭看著COVID-19突襲了世界的新聞，雖然當時的紐西蘭還沒有疫情，但當地民眾已開始搜刮口罩和物資。

一個月後我們返回了台灣，世界上的疫情也越來越嚴重……

倒帶回到二〇一九的年底，當下專注在冰島拍攝的我們，沒有想到《在名為未來的波浪裡》的那波浪，會是如此顛覆，全球暖化並沒有減緩它的速度，人類社會也沒有因為疫情真正地按下暫停，反而是啟動各種措施繼續著我行我素的運行，包括戴口罩，施打不同品牌的疫苗，各種隔離與實名制。畢竟面對的病毒是沒有形體的。然而，在這個平行宇宙邁入新的未知之際，我們的貓咪女神奧莉也突然生病離世。

人生要面對的離別是沒有選項的，《如果我有勇氣失去你》是我們自己加上了「如果」，就像是打了疫苗，戴上了口罩，讓內心產生對抗離別的抗體。

但面對離別這樣的課題，又有誰是真的坦蕩？

悲傷有輕症和重症的分別嗎？

這兩年的人生體驗，都收藏在這一本書裡，冰島遇上的極端紅色警戒冰風暴，和時間賽跑的瞬間與暴風雪過後的絕美，南北半球的日常（從紐西蘭的另類沙漠到台中的鹿港老街）及原子邦妮兩張專輯ＭＶ作品的場景紀錄。

按下快門的瞬間，都是不同的心境。

認真體驗這種痛苦的感覺，讓它們灌注在全身，並將創作成為出口，無論是文字、影像或是音樂。

儲存變成一面巨大的牆。

作為繼續往前的勇氣吧。

目錄 CONTENTS

光的故事——7個短篇

野獸 016
想在你身旁 038
忽然想你的時候 072
100分 100
離開後別對我好 112
難道只有我覺得 128
如果我有勇氣失去你 144

光的日記——63篇詩

最好的溫柔 174／岔路 175／寬廣的心 176／愛的反面 177／洗滌 178／笑著忘記 180／開始 182／成為自己的未來 184／陰影 185／山峰與低谷 186／認識自己 187／掏空 188／久遠美好的自己 189／現在的我們 194／長大 195／眼淚之於永恆 196／所謂想念 197／很好 198／這城市 199／成為你的某一部分 200／容許 201／簡單 202／練習忘記 204／猶豫 205／無眠之夜 206／善良 208／對與錯 209／演算法 210／斬斷 212／不想放棄 213／結果 214／沒有什麼是永遠不變的 215／遊樂 216／格格不入 217／個性 218／痛失 219／再站起來 220／想和你⋯⋯ 222／自己 223／保持警覺 224／不同了 226／稜角 228／終究不是你 229／敵人 230／優雅 231／存在 232／小事 233／解除追蹤 234／事不在你 235／你已忘記但我還記得的事 236／屬於你的道路 238／競賽・價值 239／種子 242／閃閃發光 244／谷底 246／風箏的飛翔 247／評斷 248／難以開口 250／就算最好的世界已經傾倒 252／定義 254／創新 256／隨緣・隨便 257／毫無懸念 258

光的故事

——7個短篇

過去的傷痕　不會因為時間而淡化
逝去的青春和摯愛　不會因為緬懷而歸來
但我們找到了在世界重生的方法……

野獸

即便他聲音沙啞而哽咽，
可是他忽然不想認輸，
硬著頭皮，他要把這首歌唱完……
最後一個字唱完的那一刻，
似乎有一滴淚自眼角流下，
他仍然站在那個充滿光的回憶裡。

他走出公司的時候，天空灰得幾乎令人窒息。

腦中迴盪著前幾天下班時部門上司說的話：

「有些人就是媽寶必須要回家陪媽媽，所以大家這幾天的工作都會稍微多一點，那也是沒辦法的事，誰叫我們是善體人意又願意互相幫忙的模範部門呢。」

他不禁嘆了一口氣，媽媽病得很忽然，突然請假確實會造成很多人的不便，但是誰願意親人生病呢？講出那些話的人，不知道是不是沒有媽媽？大概是從石頭生出來的吧，他無奈地想著。

要不是今天的考試很重要，實在是不想來，反正已經把年假都拿來請了兩個星期的假，卻還是得分出這天來到公司。

他剛完成公司的查核考試，試題大約是一些公司近期的規劃、設備做了哪些更新、部門的任務怎麼重新分配……等等諸如此類硬邦邦的事情。據說考試的成績會和近幾年的業績一起作為這一波升遷的標準。

考試啊……他對考試這個東西實在是很不擅長也很感冒。

也許是陰天很容易令人陷入回憶吧，他忽然想起人生中有記憶以來的第一場正式大型考試——「智力測驗」，那是在小學三年級時的事。

幼年的時光，在他的印象裡是挺快樂的，從小他就非常喜歡動物，舉凡街邊會遇到的貓咪狗狗、或是第一次飼養的小白兔、清晨會飛進窗台的麻雀、公園樹上的松鼠，都是他最好的玩伴。他感覺到自己似乎可以和動物溝通。就和許多小朋友一樣，有的孩子覺得自己會當大明星、有的覺得自己會當科學家、有的覺得自己會是籃球員……他呢？他覺得自己一定有超能力，因為他知道自己可以聽懂所有動物的語言。童年時光大家都容易和其他孩子打成一片，一起分享各自的神奇能力，其他孩子也很喜歡聽他說關於動物的故事。所以在小學三年級以前吧，他大概是個孩子王，身邊總有好多朋友，每到過生日的時候，卡片也可以快裝滿整個書包。

然而這一切美好，似乎在小學三年級時的那場智力測驗中結束掉了。

那是一場邁入中年級準備重新分班的全校測驗。

89分。

那是一個很中等的數字，因此後來他也被編入一個很中等的班級。

在拿到分班測驗結果的時候，他心中有一種異樣的感覺。看著在他旁邊跟他一起被分入中段班的同學們，有一些什麼好像從身體裡蒸發出來流掉了。

原來他是如此平凡，既沒有超能力，智商平平，可能還偏低下，一點也不特別的普通孩子。

那一天走出校門口，遇上一隻茶色的流浪貓在他面前晃悠，眨著眼睛伸出白色襪套的前腳，第一次，他一點也不知道這隻貓想表達什麼。然後他幾乎是跑著回家的。

大概小學三年級以前是他的人生高峰吧。沒想到順遂快樂的一切這麼快就結束了。

此後的生活，就像階梯般地一路向下，連偶爾向上攀爬的低坡都沒有。在班上的人緣滑落，想當然地考上很中等的高中、很中等的大學，選擇了很不熱門的學系，再到現在進入了很平凡的公司上班，拿著很普通的薪水。不上不下的人生，連每次家族聚會，都沒有任何親戚對他提得起興趣詢問任何事。他剩下的唯一崇拜者，大概是母親妹妹的小女兒，也就是他的表妹，每次見面總是要問他很多關於動物的事，並露出超級崇拜的眼神。也許因為這僅存的一位信徒，他倒是從來沒放下對動物的熱愛，即便，他覺得自己已經沒有超能力能懂得動物的語言，但是對各種動物的奇聞軼事，還是能如數家珍。每當表妹詢問什麼是世界上力氣最大的動物，什麼魚活最久，他總能侃侃而談。然而，表妹在他大學的時候，得了一種他幾乎記不住名字的腦部疾病去世了，至今他仍然記得小時候，小妹妹用水汪汪的大眼睛抬頭看著他說「哥哥真是世界上最厲害的人」的表情。

大概，這世界上再也不會有人覺得他厲害了。

沒想到自己的青春時光一下子就回憶完了，真是平凡無聊的人生啊，他搖搖頭往醫院的方向走著。

也許是家族遺傳，母親和表妹得了一樣的病，幸好目前能用藥物獲得良好的控制，不久之後終於可以出院回家。父親和母親都是很平和親切的人，小時候知道他喜歡動物買了很多的圖鑑給他。在他朋友眾多的孩童時期，總是在旁微笑著像是觀賞般地陪伴，即使自己後來看似一夕之間轉變了性情，父母也沒有太多介入和苛責，在他印象中一直是露著溫和的微笑，不過有時夾雜著憂慮的表情，僅此而已。

母親出院回家後，他回到了原本的平凡生活。

這一天，倒是發生了件還算特別的事件。日本總公司不知道為何指定了自己的分公司，要為台灣區做出行業「主題曲」，來為公司的擴充做宣傳。他的部門被指定全權負責這件事，為了體現他們的熱情，主管們特別決定不找專業的詞曲作者，大家要一起作詞作曲，還要參與錄音工作。

同事們都還挺開心的，畢竟在枯燥乏味的上班生活中能有別的事情做，據說還能到專業錄音室中去體驗一下歌手工作的環境，大家都頗為振奮。但他卻感覺到非常困擾，自從成為「平凡的」自己以來，他就很不喜歡在別人面前做類似「報告」、「演出」這類的活動，更別說要進到錄音室在專業人士面前把自己的聲音錄下來了，光用想的他就覺得渾身好像要發抖起來。

詞曲製作倒是比想像中順利，其中一位女同事，因為在大學有「玩樂團」經驗，大家你一言我一語，一首熱血又光芒萬丈的夢想之歌，竟然真的產出了。

他本來一心希望這一切毀掉破局讓主管失望的狀況絲毫沒有發生，很快地就要到錄音的這一天了。

晚上，在指定的時間前往位於城郊工業區裡的錄音室。進入一間水泥辦公大樓裡，坐上普通不起眼的電梯。電梯門打開的那瞬間，映入眼睛的卻是跟這棟建築毫無關聯般的存在。厚重鑲嵌著木邊的玻璃大門佇立在很普通的水泥走廊裡，看起來像是魔幻地帶的入口，他一度懷疑自己是不是走錯了。

不過仔細看到門框上，原木名牌確實用奔放的毛筆字寫著錄音室的名字。他忐忑地想推開那扇門。不過看似古樸的門卻出現了極度科技的金屬般的聲響，輕輕跳了開來。

他推開門，後面出現異常寬大、一個完全是木頭材質的場域。如果硬是要聯想的話，也許有點像他去過的spa按摩中心那樣，不過又多了一點科技氛圍。高透光的玻璃和鑄鐵感的桌面及原木的搭配相得益彰。空氣中瀰漫的咖啡香和花草般香甜的氣味更令他感覺像是來到了一個不屬於自己的世界。

在工作人員指引下，進入其中一個房間。一個女孩背對著門口正在一張桌子上努力點燃著什麼。

「那是鼠尾草喔。」身後傳來年輕男性的聲音。「你好，我是錄音師介涼。」

他轉過身來，跟年輕斯文戴著眼鏡的錄音師點點頭。

「你不會介意吧，這個配唱製作人很奇特，要點這什麼鼠尾草驅散不好的能量。」介涼聳聳肩繼續說著：「據說是可以讓歌者將好的能量灌注到音樂裡。」

他沒有多說什麼，自從進到這間錄音室以來，一直覺得很「空」。大概是這個地方跟平常會接觸到的環境差太多了，他不自覺把自己排空，以便隨時接收更多資訊。

女孩這才轉過身來，她穿著全黑的連身洋裝，亞麻色的頭髮綁成辮子在頭的兩側柔軟地垂著，耳朵上穿滿黑色銀色的環釦，脖子上也有幾個搶眼的刺青。他對女生的妝容一竅不通，但是可以看得出來她眼眶深色的眼影精緻地拓印著，像是天生長在臉上似的。

「你好，我是今天的配唱製作人，今晚請多指教囉。」在女孩伸出的手上也掛著色彩鮮豔的大戒指和黑色的串珠手鍊。她露出了笑容，意外和她充滿殺氣和魔法感的裝扮毫無違和。

簡單握手問好後，開始進行錄音工作了。

錄音間跟他想像的完全不同。是一個很大的房間，可能比自己住的套房還大，全木頭的裝潢前方有個小窗戶讓他可以看見外面的錄音師和製作人。麥克風旁有簡單高雅的桌子，上面放置著小桌燈和他這輩子可能都不會去買的高級水杯。忽然間「砰」的一聲，燈像是被關掉了忽然周遭全暗了下來，只留下了桌上微弱的黃光和譜架上照著歌詞的燈。

「很有氣氛吧。」女孩透過耳機和他說話：「我們就這樣開始吧。」

接下來的一個多小時，從一開始的聲音發抖很不習慣自己的音色，到覺得自己的聲音跟音樂很不平衡，到終於能慢慢唱完他需要唱的段落了，期間女孩總是帶著微笑說著「很棒喔，很好嘛～很厲害喔」這類他覺得應該只是安慰的話。

又過了一個小時，他已經能夠唱完整個段落，似乎慢慢也可以改變某些東西試著唱好一點看看，老實說，大概這輩子從來沒有唱一首歌那麼多次過，其中還有幾句詞是自己寫的，那跟朋友去唱ＫＴＶ的感覺完全不同，事前同事們總是跟他說就當成ＫＴＶ，不過實際上開始了才知道，完全是不一樣的事。

經過兩個多小時，終於可以到休息間休息。那裡有一套舒服的沙發，還有冰箱跟放滿甜點和飲料的桌子。

稍微坐著一會兒之後，女孩走了出來。

「覺得不錯吧，來聽聽看。」

從大型專業音響裡播送出自己和音樂完美融合後的音樂，似乎女孩和錄音師已經在最短時間裡動過什麼手腳，製作成了一個完美的版本，他聽得一愣一愣，這真的是自己唱的嗎？

「很厲害吧?!」女孩笑得很燦爛，不知道為什麼雖然才認識不到幾小時，女孩莫名給人有一種安定感，精緻的妝容下看不太出年齡，卻不知道為什麼，她的笑容有一種得來不易的感覺，並不是任何人都可以這樣笑著的，他想。

「以不是專業歌手的身分來說，這樣的成品真的很不簡單喔。」女孩繼續說。

「啊？……嗯。」也許是很少聽到誇讚，他覺得不很自在。

「不過，你不覺得少了什麼嗎？」女孩望著他的眼睛，他頓時陷入一片空白，不自覺低下頭來。一陣沉默後，他開始仔細思考，少了什麼？

「是最後一句音有點飄嗎？」他試著問看看。

女孩搖搖頭。

「氣息比較虛嗎？」他又思索了幾秒。

女孩仍然搖頭。

幾次都猜不到正確答案後，他放棄了，在一旁沉默著。

「是少了你啊。」女孩的眼裡像閃著金光。

「啊？」他一瞬間以為自己聽錯了。
「這聽起來很像是你吧，但是不是你喔。」女孩說。
他仔細聽著，想聽懂那背後的意思。
女孩繼續開口：「雖然是你的聲音，不過那是像皮一樣的東西在唱著，你並不在那裡面。」女孩深深看了他一眼，確認他還在聽著後繼續說：
「這是一首關於夢想，關於青春的歌吧，這句『他在告訴我別輕易臣服任何要求』是你想出來的歌詞吧？」
「是……」他不明所以地回答。
「所以囉，關於青春啊、夢想啊，不見得都是像其他字句一樣美美的閃亮的東西吧？還有在你的裡面，有什麼吧？」
「裡面？」他開始覺得懸疑了？這不就是一件簡單的工作嗎？到底什麼是「裡面」？
「在你的心裡面，有一頭野獸喔，他已經躲很久了，平常怎麼樣我管不著，不過在這裡，這個錄音室裡面，不能有這種事喔，牠必須要出來。」女孩收起了笑容，那個樣子不像在開玩笑。

可是他完全愣在當場。

「希望你把那個野獸放出來，繼續唱吧。」女孩簡單地說完。

他再度被請進了錄音室。

然後他煩躁不堪，那些意味不明的話到底是什麼意思呢？野獸，什麼野獸？能不能早點收工結束，剛才的成品不是聽起來很不錯嗎？

接下來不管再怎麼唱，再怎麼試著修正他覺得不好的地方，女孩仍舊不斷重複：

「再一個喔。」他知道那是不行，必須再唱一次的意思。

到了晚上十一點多，他真的覺得筋疲力竭，也差不多聲音都啞的時候，女孩突然又開口了：

「關於你寫的那些青春，夢想，從小到大，你想掙脫什麼，或者有什麼令你覺得窒息的事？想想看啊，為什麼會寫出那些熱血的字句？為什麼別臣服任何要求？這一切真的都是美好的嗎？」

不知道是不是因為太累？還是女孩又再點燃什麼鼠尾草的緣故，又或者是燈又被關得更暗了？他像陷入了夢境似的，旁邊還飄著咖啡香和不知名的花香。

他想起了小學的那一場考試，似乎從此成為平凡人的那一天。

想起了在國中的廢棄教室偷養小狗被發現後，家長被請到學校的那一天。

想起高中時心愛的寵物兔子離世，他把牠的名字刻在一個耳環戴在耳朵上去上學後被迫拿下來不然要記過的那一天。

想起了好不容易考上大學，但因為不是名校親友們興趣缺缺的表情。

想起了教授每次說他是不上不下的半吊子，將來只能到莫名其妙的地方上班時的語調，想起了那一天在公司時，被上司嘲弄責怪他要請假陪伴生病母親時的嘴臉。

音樂忽然在這時響起，他卻哽咽了。

掙脫？他的確是被困住了，在這莫名其妙的錄音室裡，做著跟他沒有關係的事，到底是為什麼呢？

即便他聲音沙啞而哽咽，可是他忽然不想認輸，硬著頭皮，他要把這首歌唱完。像用盡最後一絲力氣般地顫抖，一個字一個字地咬著牙像在吶喊著。

在這當中，他的嘴唇在動著，思緒卻飄向遠方，到很久以前，像是在他小時候。那時候，他渾身像是擁有魔法，覺得世間萬物充滿力量，他也聽得懂小動物的語言，每一天的陽光都是燦爛的，總是照耀著某個地方，某個他知道他要去的地方。

他任憑著自己的嘴巴開闔在旋律中流動著，沒有思考全憑本能般，融入在一種光線裡，那個善用腦袋的「自我」忽然消失不知到哪裡去了，留下一個像是原始生物般的他正在嗚咽著。最後一個字唱完的那一刻，似乎有一滴淚自眼角流下，他仍然站在那個充滿光的回憶裡。

「Perfect!太棒了！」靜默許久後，耳機裡忽然傳來女孩的聲音，他回到了現實，回到了只剩一盞小燈的黑暗錄音室。他抬眼，看見玻璃後面的女孩正咧著嘴笑著，錄音師介涼正一骨碌地拍著手。

緩過氣後，他來到休息室，女孩把快速剪輯好的音軌播出。

他確實不太敢相信自己的耳朵，那是他嗎？

略帶嘶啞的嗓音，音準有點傾斜，可是，他卻有一種好像第一次從鏡子裡看到自己模樣的錯覺，他覺得那個聲音，很遙遠卻很熟悉。

「很棒吧？」女孩朝他微笑。「你一定覺得，只是一個無聊的宣傳歌曲案子而已吧？」她聳聳肩，「不過，在我這裡沒有這種事喔，對我來說，歌就是歌，沒有案子不案子，來到這裡的，都是歌手，必須要把自己交出來才可以的。」女孩神祕地笑著，好像想要把自己塑造成巫婆之類的角色。

「每個人心裡都有一隻野獸噢，不要讓他死掉了，加油！」女孩朝他擠一擠眼睛。他笑起來了，女孩俏皮的模樣露了餡，她再怎麼假裝老練，說不定年紀比自己還小吧。

女孩說完，繼續跟錄音師討論著什麼，似乎在反覆斟酌要怎麼調整那些字句，即便在他聽起來根本都一樣。他就這樣看著他們兩個人一會兒，原來，這世界上還是有很多人，仍然留著那種光芒，一閃一閃地活著，不太在意別人的眼光。

他忽然想起一本書有這樣一句話：「她就像一隻自由自在的野貓，我曾經覺得那樣很帥，直到現在我才明白那有多痛。」

也許吧，像她那樣的打扮，可能走在路上就會引起很多異樣的眼光，更別說她奇怪的說話方式和行為，大概會招來許多不解吧，不過看來她大概是不太在意。

那年冬天，他的母親終究還是不敵病魔離世了。告別式結束後沒有多久，他向公司遞出了辭呈，大概是到了某個地步，那位上司的臉就再也無法多看一眼，即便還是有其他感情要好的同事，還是只能離開了。

而五年後的今天，他正在鄉野的深山裡漫步走著，一面記錄著今天的觀察主題——腹猴的出沒足跡。現在，他是Ｍ山的山野動物保育員，這幾年間他也換過不少工作，同時一面補習、念書、考試，大大小小的考試。他發現，他沒那麼討厭考試了，因為考試的主題跟他熱愛的動物有關，因此Ｋ起書來，幹勁十足。當他終於應徵上動物保育員的時候，他也重新審視了考試這件事，原來那是一把兩面刃，用不好的時候，可以輕易成為界定和否決人類的利劍，可是當你要有所鑽研，朝向某一領域潛心修習的時候，卻又變為你衡量自我的一種重要工具。同時他也感謝有這相關領域的考試，以前像是放棄了一切沒有研究時，那距離自己很遙遠，沒想到開始尋找方法時，所有的路像是從湖底浮起來似的逐漸清晰。

這當中，他也把爸爸接到山中，原本害怕父親會不習慣，不過，每天早上父親總是很早起笑呵呵地大口吸著山上的空氣，他終於也放心下來。偶爾他會想起表妹，不知道現在是不是依舊會覺得這樣的他很厲害呢？他自己是覺得挺厲害的，M山上，幾點會有什麼動物經過，他可是倒背如流，鸛鳥要吃哪一種蟲，和地鼠會在幾公尺的地方打另一個洞，問他準沒錯，動物想說什麼，大概現在，他又能聽得懂一點了，雖然不敢說像小時候那樣自覺有超能力，不過，知識一點一點累積起來的話，還是絕對有自信的。現在的他，不再需要到公司上班，卻多了很多山野間的小小同伴，大概以前也從來不知道，生活可以如此充實。他的親戚像阿姨之類的偶爾會似模似樣地打電話來，說在深山裡過活太辛苦啦，等等，不過，他倒是覺得前所未有的輕鬆。

至今他仍然會想起幾年前在錄音室中奇幻的一夜，據他當時所知，宣傳曲倒是平平無奇地製作好發行出去了，也稱不上有什麼特別效果，不過那女孩說過的話，仍會時常從他的腦袋冒出。他莞爾一笑，她說不定真是什麼魔法師吧，那一夜從他心底深處放出了什麼，當時沒怎麼覺得，只是一股氣似地就想離職，現在回想起來，那匹沉睡的野獸大概從此甦醒了，帶領著他一路走到了現在。他摸一摸戴在耳垂上刻著小兔子名字的耳環，一面想著，不知道那女孩是不是現在又在哪裡點起了鼠尾草呢。

〈野獸〉

想在你身旁

幸好今天的風很涼，
還有一個淡淡的月亮掛在天上。
女孩靜靜地看著，側影恬靜美好……

「好傢伙，你這次果然又是全年級第一啊！」

班上忽然傳來喧譁，男孩知道大概是成績單出來了。

兄弟們勾著他的肩膀，「還以為你當上了班聯會主席多少會分心點吧？要巴掉你果然還是不容易。」

在一陣打鬧中，男孩收拾好了書包和手提包。

「王上？你要回了嗎？」

自從上個月幫忙性質地參與了舞劇社的演出，明明飾演一個很偏門的配角——女主角的古代老爸，卻莫名其妙地出名起來，劇中角色的稱呼也變成他的新綽號。不過他最主要會出名的原因，還是因為高中二年級，他當上了班聯會的主席，一下子成為了全校的焦點人物，雖然從小因為成績優異被注意到的機會不算少，不過像這種連走在路上都會被學妹們側目的感覺倒是滿新奇。

「對啊，今天不開會了。」男孩一如既往露出他親民和善的笑容。說完就按照慣例走下樓梯間。

就在樓下轉角的第一個班級，男孩把手提包放下朝教室內張望了一眼，她果然還沒好。

「王上來了喔。」正好走出教室門口不熟的女同學向內通報了一聲從他身邊走過，他也很禮貌性地點頭招呼。

坐在後排的女孩不知道原本在搗鼓些什麼，不久後才把頭抬起，慢條斯理地收拾著東西，男孩把手機拿出來瀏覽，照這樣子應該還要等一下。

過了幾分鐘女孩走出教室，於是男孩拿起手提包，另一手很自然地接過女孩手上的提袋，然後兩人肩並肩朝校門走著。

「你看，我又拍了一個東西。」女孩向他展示著自己的手機。

「喔？是嗎？你不要又搞什麼怪東西找我去演。」男孩一面說著一面將頭側過去靠近看著她的手機螢幕。從眼角餘光，男孩感受到許多投射過來的視線和交頭接耳。

「是王上和公主欸……」他們大概都在說這個。

舞劇社公演結束沒多久，如果說他這個配角也能出名，飾演女主角的女孩自然是聚集所有目光般的存在，風頭之盛幾乎要蓋過他這個班聯會主席。畢竟舞劇社公演是學校的傳統，一年一度的大盛事，新進的學弟妹們從高一就要開始選角準備，高二上學期公演，劇中的角色們往往都能成為學校知名的人物。雖然成為了風雲人物，不過從一入學開始他們就每天一起回家的慣例還是沒有被改變。其實這個習慣從幼稚園就開始了，他們住在同一個社區，父母親也互相認識，自小一起上學好像再正常不過了，原本他以為上高中以後，應該會慢慢疏遠，可是不知道為什麼這件事沒有發生，高一的時候倒也一切如常，不過隨著兩人的聲名大噪，每天一起回家似乎變成一種八卦似的旋風在校園傳開。

「拜託，說沒有在交往的話打死我都不信。」

「可是王上說沒有誒……」

交頭接耳的對話很「微弱」地傳進他耳裡，不過女孩似乎渾然不覺，還在比劃她手機上的曠世巨作。

這大概，就是他的日常。

如果換成別人說不是男女朋友，自己肯定也是不信的，可是他們，還真的就不是。只是到底為什麼要每天一起回家，就好像是從小養成的習慣，從小累積到大的共同人脈、社區的瑣碎事件、再到學校近期的奇聞軼事，每天似乎都有更新不完的話題。

今天成績單出來，他仍然維持在第一名，男孩才忽然找回一點點往日自己的感覺，其實受到注意他還算可以接受，但對於成為別人的談資似乎很久都習慣不了。不過從小就很常在做各種演出的女孩倒是不當一回事，小學的時候，她就因為成為朝會上的司儀被同學欺負，說她愛出風頭，還是他去解的圍，看在他這個受到老師愛戴的「資優生」分上，那些欺負才沒有持續下去。不過比起演出，女孩總說她更喜歡拍，老是掛在嘴巴上說自己以後要念電影系，也時不時都在研究關於拍片的事。高中生只能用手機拍攝，即使平常再怎麼覺得她笨又聒噪，但他確實感覺出，女孩似乎不是說說而已，她所拍攝的畫面彷彿總是真的有捕捉了些什麼。然而，雖然她說自己沒那麼愛演出，但是她有一種特殊的氛圍和相貌，雖然不能說是一般定義下的大美女，但是白淨的臉龐和略微向兩旁分開的慧黠雙眼、舉手投足間的文藝氣息，跟一站在舞台上就能使空氣瞬間凝結的強大氣勢，還是令他不得不覺得她似乎專門是吃這行飯的，這就是所謂才華嗎？可惜他身上似乎沒有這種東西，他其實只是很習慣也很擅長念書，背課本對他來說只是時間而已，並不用費他多少力氣，而且如果能因此讓父母老師、身邊的人都覺得很棒，那也是一件很不錯的事。

在一座跨越城市中小河的老橋上，女孩瞬間回過頭來，手上拿著手機正對著他拍，她笑嘻嘻地說：「資優生王上，今天又第一名了，請問你長大以後要做什麼？」

他略一皺眉吃力地用提著提袋的手遮住螢幕，「不要鬧了。」

「我認真問的。」女孩移開手機，直盯著他的眼睛。這是她獨有的說話方式，要不是他從小就認識她，幾個人受得了她那雙好像要把人心挖出來看一看的眼睛。他不知道為什麼忽然想起那個對女孩告白失敗的舞劇社社長，一路走來他一天到晚都在「處理」各種明戀暗戀她的對象，對於每天一起回家這件事，好像能嚇退不少人，但依然有不怕死的烈士上前突圍，最終都不免被女孩慘烈擊殺。想到這裡，他心裡忽然有一種醉醺醺的感覺，身為高中生只偷喝過幾次酒，不過他記得那種感覺，大概就跟現在差不多。

就在這種有點茫然又提著很多東西的時後，他費力想了幾秒，才發現自己沒有確實想過這個問題。

「我哪知道啊。」他別開眼，打哈哈似的越過女孩往前走，不知為何覺得有點難為情。

「怎麼可能?!」女孩追了上來，「快說，你是不是想念T大醫學？還是，你要唸財經？」女孩拉著他的手臂，於是他順勢一把搶過女孩的手機。

「你到底又亂拍什麼？」男孩一面念叨一面打開畫面。

那是一個逆著光的輪廓，還有背後被微風觸碰而輕微搖晃的蘆葦。

這就是在她眼中的景象嗎?我，與這個世界，這個季節？很像一幅畫，更像一首詩，為什麼會像一首詩呢?男孩站在原地，看著女孩在不遠處對她笑著說：「走啊？」他覺得世界好像停頓了一秒，不過，好險，也只有一秒而已。

那天晚上，他陷入了深思。長大以後，要做什麼呢？

原本他以為他已經長大了，原來距離長大，終究還是很遙遠。

暑假很快到了，女孩因為要幫學弟妹排練新的劇本，因此即使在假日還是很常要到學校，雖然不上學，但他們仍時常會在社區不期而遇，他知道女孩因為籌備新劇的關係需要配樂，所以和熱音社的人熟稔起來，甚至有傳聞說女孩喜歡一個熱音社的鼓手學長，他也不止一次聽女孩提起這個學長，還用略帶花痴的目光說學長的鼓聲很特別，還沒走到熱音社社辦她就能聽出是學長在打鼓。他倒是不以為意地笑她花痴，畢竟從小到大也沒少聽說她迷戀哪個明星或是哪位學長。總而言之，有時候他跟同學相約到學校打球，就會等女孩排練完一起回家。

那一天，跟女孩約好一起回家，但是他打完球在舞劇社社辦也沒看到女孩，等了將近半小時他正要拿起手機，忽然走來一位同學把一張紙條塞到他手上，對方說：「公主給你的。」自從上學期公演完，他們王上和公主的稱呼一直延續到現在。

「最近不用等我，我要去外面排戲。」紙條上女孩用潦草的字跡寫著。

男孩幾乎是面無表情和毫無感覺地把紙條收起揉進口袋，雖然等了很久他並不是很生氣，反正他也不是等第一次。

走出校門口，過了一段路後，迎面看到女孩跟一群人在巷子口，女孩坐在機車上，嘴巴上正吸吮著一根白色的紙管，淡淡的煙霧繚繞在她臉孔旁，在夕陽裡映出橙色的光。女孩沒有看見他，正在和旁邊的人談笑著。

不知道為什麼男孩默默移動腳步繞開了他們，他就是有種感覺，可能不要遇到比較好。

暑假接下來的日子，他不再去打球了，也幾乎沒在家附近遇到女孩，倒是跟幾個班聯會的女同學去看了幾場電影，也到同班兄弟的家裡打電動。

這天，在某個久未碰面小學同學家裡，他像是想起來般地問道：

「你知道有一種東西可以抽，但看起來不是香菸，是什麼嗎？」

「喔？你說菸草吧？我有啊，怎麼了你想抽嗎？資優生也會想玩這種東西嗎？」

小學同學打開抽屜似模似樣地拿出整套工具，跟他解說了半天捲菸草的方法，也拿出幾種不同口味的菸草，聊了一晚上後，忽然開口問道：「咦？公主呢？怎麼最近都沒看到她？」自從女孩有了公主這個綽號，男孩提起她就開始用這個稱呼，小學同學也跟著男孩一起這麼叫了起來。

小學同學是男孩和女孩共同的朋友，往年他們總會一陣子三個人小聚一下。

「喔？她最近好像很忙，好像排練什麼新劇之類的。」

男孩心不在焉地應道，莫名其妙有種煩躁感，我為什麼非知道她的事不可呢？

就在暑假結束的那天晚上，男孩正在收拾明天開學要用的書籍，手機忽然響起，是女孩打來的。

他沒來由一陣惱火，但他完全不知道自己在氣什麼，緩了一下接起手機。

「你可以到橋邊一下嗎？」女孩的聲音聽起來有一點微弱。不用她解釋，他立刻知道是哪個橋，聽到她帶著哭腔的聲音，忽然之間火氣好像全消了。

站在橋的這一頭，他看見女孩靠坐在橋的另一端。他走過去坐在女孩的身側，這才看見女孩的右腿上滿布血跡，還有四散的破皮痕跡。

「我摔車了。」女孩朝他吐吐舌頭。「我現在回去會被我媽扁死。」

在女孩故作輕鬆的臉上，他看得出她微紅的眼睛，還有她眼眶淺淺泛著的濕潤。他直覺不只摔車那麼簡單，肯定是發生了其他的事。可是終究，他還是沒有問出口。

男孩的父母總是要加班很晚才會回家，於是他帶著女孩回到家裡，在院子裡用清水洗乾淨了傷口，從家裡拿出優碘塗抹之後簡單用紗布包起了傷口。結束之後，男孩到廚房煎了蛋，烤了吐司，做了很簡易的三明治拿給女孩。

公主一言不發地吃著，她今天特別安靜。

幸好今天的風很涼，還有一個淡淡的月亮掛在天上。女孩靜靜地看著，側影恬靜美好，這大概是有史以來頭一次他覺得美好吧，向來，她都是很聒噪的。

像是鬼使神差一般，他忽然從口袋裡拿出一個小鐵盒，遞給女孩。

「你要嗎？」

女孩靜靜地打開盒子，裡面是捲好的一支支菸草。她忽然笑了。

「你竟然有！」女孩看似熟練地拿起一支，男孩從院子桌上拿起打火機遞給她。

「果然是資優生，連菸草都捲得這麼好。」女孩笑著，眼睛變成一個彎月的形狀。「你不要嗎？」

「喔，我不用。」事實上自菸草捲好以來，他一次也沒抽過，上次在小學同學家試過幾次，他咳了個半死，實在不懂這東西有哪裡好。

「哇，是薄荷的，好香喔。」女孩吐出一點煙霧，飄在夜空中像有生命的水母一般顯得閃閃發光。

「是不錯。」他向來討厭人家抽菸，不過女孩和菸草，就跟她給人的感覺很像，存在感很鮮明卻也很脆弱，令人由衷生憐。

憐……？憐個屁，根本是自作自受。

「明天我騎腳踏車載你吧。」在心裡罵歸罵，說出口的竟是這句話。

「好啊。」女孩再次笑了。

開學之後，他們的日子恢復如常，只是從晚上一起走路回家，變成男孩早晚都騎腳踏車載女孩上下學。關於他們是情侶的傳聞甚囂塵上，然而事實依舊不是那麼回事。女孩還是會去熱音社辦聽學長打鼓，因為她傷好得很慢，他也跟著一起去。她學長的鼓似乎真的打得很不錯，連他這樣全然的外行人都能被吸引。

他看見她認真的側臉，是不是這次是真心地喜歡呢？究竟摔車的那天晚上發生了什麼呢？

不過，就算發生什麼都無所謂，就好像趕流行那樣，高中生，都應該要談場戀愛的。

漸漸地，女孩的傷好了。於是他不再騎腳踏車。日子變得很固定，一個星期有兩天，女孩說不用等她回家，至於她要去做什麼，男孩沒有過問。

於是那兩天，他也有了自己的行程。班聯會上的美術組長常常喜歡和他搭話，剛好男孩並不討厭她，久而久之也覺得美術組長是很不錯的女孩。自然大方，也很溫柔，跟「公主」女孩真是不同的類型。

那天晚上，美術組長像是鼓起十二萬分的勇氣，跟他告白了。

其實，從小到大，他也少不了同齡女生的告白，每一次總是用想專注課業簡單地就能完美拒絕。然而這一次，不知道為什麼他忽然不想拒絕。

在腦裡的某一個角落，女孩望著鼓手學長的側顏像是重疊的幻象漂浮在眼前。

他急著想把那趕出腦袋。

是順應時局也好，是把握青春也罷。男孩有了人生中第一個女朋友。

他回想起那天告白的事，都覺得不知道自己怎麼回事。

他幾乎想也沒想就對美術組長脫口說出：「我每天會跟公主一起回家，不過有兩天我可以陪你。」

不過美術組長似乎沒有異議。

「啊？真的假的？原來你喜歡那類型的女生啊。」聽男孩說出自己跟美術組長交往中時，女孩笑起來。「終於啊！人生開花囉～」女孩朝他擠眉弄眼。

「哈哈哈……」男孩故作輕鬆地笑著。

「過程是怎麼樣的，說來聽聽。」女孩興奮地追問著。

最近的天氣逐漸涼了起來，回家的路走起來格外舒服，女孩的及肩黑髮飄在空中，腳步輕盈，看起來還跟小學時候一樣沒變。

「哈哈，說說你自己吧，你的學長呢？」

「後……」女孩的眉皺了起來。

「來，說出來大家參詳一下，父王幫你想個辦法……」男孩打趣道。

兩個人有一搭沒一搭地說著，他說著他的故事，她說著她的心事。

夏天就要結束了，男孩忘了思考可以帶女朋友去哪約會，只是思索著這條路是不是能一直這樣走著。

班聯會長跟美術組長在交往？每天還是跟公主一起回家？

每個人都在霧裡看花，青春的時光似乎就這樣不停流動著。直到冬天來了，直到高三來臨，每個人都要面對未來的選擇。

男孩女孩大部分時間仍舊一起回家，即便考試在即，女孩始終熱中拍攝，她拍景色，也拍男孩。男孩看著鏡頭下慢動作的自己，融合在每天不同的天空裡，有時候是鵝黃的晚霞，有時候是灰濛濛的雲朵，他知道女孩早就想好未來要去哪裡，要做什麼了，那我呢？看著鏡頭中被記錄的自己和一片一片像壁畫的回家景色，他覺得女孩好像是他最熟悉可是又很遙遠的人，他不知道未來會如何，再熟悉的人總有一天也會變得遙遠，就像是洪流一般，每個人都只是站在或高或矮的石頭上，等待著或早或晚被沖離原本堅守的位置。

他搭起女孩的肩，就像搭平常的男生同學那樣。

「你到底有沒有認真念書呢？」

「當然沒有啊。」女孩轉頭望著他，「念書這種事，交給父王就可以囉。」

放榜的時候來臨，女孩如願考上私立藝術學校的電影系，男孩的成績毫無懸念地到達高標，於是按照父母的意思輕鬆選擇了第一名大學的法律系。在上大學的那個暑假，男孩陪女孩去參加了一次試鏡。

男孩買了屬於自己的機車，那天他騎著新車來到女孩家門口。女孩穿著白底的碎花裙，這大概是他第一次看到女孩打扮得像個美美的女孩子。女孩坐上機車，似乎有所顧忌稍微隔開他，用手抓著機車後方的把手。機車一發動女孩向後仰了一下。男孩瞬間向後捉住女孩的手直覺似地放在自己腰間。

「抓好，拜託，你不會還想摔車吧！我是父王耶，你不會不好意思吧。」

女孩哈哈大笑：「怎麼可能～」女孩輕輕地環著他的腰，開始一如往常地聊起天，即使車聲喧囂，男孩還是可以聽見她在耳邊細碎的聲音。

女孩試鏡的地方位於山區，有些偏僻。當車子騎經反光鏡的時候，男孩看見倒影中的他們，就像所有普通的青少年男女一般，女孩稍微留長的髮絲在空中流動著，像飛舞的蝴蝶，這一刻她停在這裡，不過下一刻她就會飛到很遠的地方去了，他知道。

這趟試鏡，女孩似乎不太緊張，只花了一點時間，因為難得到山上，他們還去喝了飲料，到山上的農場摘了幾朵花。看到溪邊的青蛙哈哈大笑，女孩硬是要他蹲下和青蛙拍影片，簡直就像小學生，其實她確實一直就沒變過。

回到家之後，男孩立刻和女朋友說了今天的事。

「我有讓她稍微扶著我，不過你不用生氣，她大概就是我妹吧，不對！根本是女兒。」女朋友稍微地笑了，一直以來對方都是很大方溫柔的女孩，也似乎能理解他和女孩的「特殊情誼」，平靜地接受也從未因此吵鬧。男孩也覺得，只要都照實交代就沒問題。

那個暑假，男孩還見了女孩幾次，其中幾次是因為女孩趁父母出差不在家沒日沒夜地打電動到沒東西吃，拜託男孩去買麥當勞給她。

男孩拿著麥當勞的紙袋站在女孩家門口，沒好氣地說：

「是有這麼好玩嗎？都幾歲的人了。」

女孩吐吐舌頭：「好啦～謝謝父王，感謝父王，要不要我請你吃薯條？」

於是那天，難得女孩從電動中回神，跟他聊了一晚上，但其中有大部分是在說她在線上遊戲中認識的新網友。

大學生活開始了，他們不再一起上下學。男孩倒是沒花時間去感受那些微的不習慣，畢竟大學生活就如他想像的一模一樣自由又多采多姿，自由排課也有很多時間安排其他活動，雖然他的學系是相對課業壓力重的，對他來說還算是可以輕鬆應對。他跟女孩從一開始還是挺常碰面，到後來大三大四越來越少聽見她的消息，就只知道她進了劇團，時常到其他地方實習、演出。三天兩頭也要試鏡，ＩＧ動態也可以看見她參演的各種實況，還有刊登在學校的各大院校電影系電影海報，都會看到她斗大的臉。眼睛還是一樣有點分開，不過拍攝者的技巧可真好，竟然能把她拍得像是什麼精靈之類的，真是抬舉她了。

這期間，倒是跟女朋友相處融洽，他們從高中交往至今，感情一直很好。他感覺到女朋友似乎開朗也開心不少。

大學要畢業之前。男孩忽然接到女孩來電，說是小學同學一群人要聚聚。

男孩倒是很驚奇，「你竟然有空？」

「嘿嘿～」女孩笑而不答。

一群人嘻嘻哈哈吃完韓式炸雞後，女孩宣布說自己入選日本的舞台劇團，畢業後應該會搬去日本一陣子看看，大家驚嘆之餘也分別說著各自的未來規劃。

男孩卻愣住了，他盯著女孩，女孩在跟別的同學說笑著，似乎並無不同。

她要去日本？而他事先根本不知道，而是跟所有其他人一起知道的。

「王上，你呢？」忽有人開口問道。

「我喔。」男孩轉開看著女孩的眼睛再看著其他人輕鬆說著：「我應該當完兵後直接去美國吧。」

「蛤～！你們都這麼扯喔，都計畫好不先說。」其中一個男生故作不悅。

「哈哈～沒有啦，也是決定沒多久就跟你們說啦。」男孩回答。

什麼決定沒多久，根本就是幾秒前的剛才瞬間決定的。前陣子父母雖然一直有跟自己提議，但他始終興趣缺缺，也不知為何就在剛才的瞬間，他決定了自己的未來。

眼角餘光，他感覺到女孩正朝他望過來，他繼續別過目光，跟其他人說著話。

過沒多久，女孩站起身來，「我男朋友來接我，那我先走囉。」

「靠～你男朋友又是誰啊，現在都不用講就對了啦！」一群人又開始哄鬧著。

「哈哈哈，下次再介紹你們認識。」女孩堆滿笑容，一面跟大家揮手走出了餐廳。

「下次是什麼時候啦～」男同學衝著她的背影喊著，不過女孩沒有聽見。

「王上你總該知道她男友的事吧？」男同學轉過來對著男孩。

「哈哈，她就大忙人大明星啊。」男孩幾乎是答非所問，不知為何，他一點也不想承認他跟大家一樣什麼都不知道。

那是他結婚前最後一次看到女孩。

今天就是婚禮了，他知道女孩一樣不會出現。

自從他到美國繼續進修，隨後到律師事務所工作後，幾乎沒有回過老家。

女孩也一樣，不僅在日本，也到歐洲，四處奔波。他們那一群人都逐漸疏遠。

他記得剛到美國時，還挺常想起和女孩每天一起回家的日子，想起小學同學、國中同學、高中同學，但隨著日子越來越忙碌，他漸漸不再想起他們，取而代之的，是在身邊的同事、朋友、一個一個接踵而來的案件，和終於可以休息時要到哪個酒吧放鬆。

雖然老同學用社群媒體都能知道近況，但要湊齊所有人見面，實在太難。大家也漸漸不再相約說要聚會了。

今天是他人生中的大日子，老朋友老同學大部分都能在百忙中前來，唯獨女孩，她今天在東京巡演，還是不能到場。

這些年，他們也用ＩＧ聊天。但是次數他用手指都數得出來。

大概多年前他剛到美國那天，在他不熟悉異鄉，徹夜開著燈睡不著的時候，有跟她聊了一夜。還有後來跟女朋友因為遠距離終告分手失戀的時候，以及後來認識一個新的女孩打算追求的時候跟她說了一通。

她呢，偶爾報告般說了近況，交了哪個男朋友，又認識了哪個導演。前後不過三次吧。

就連他要結婚的時候，在公布消息前，特別先傳訊息給她。他想起多年前那個聚會，從別人口中得知重要消息時那種不好受的感覺，所以還是先告訴她好了。

「啊～？！！！我要有母后了嗎？哈哈哈，真的大恭喜！」女孩在訊息裡也開了個學生時代的玩笑，一堆驚嘆號的背後幾乎看不清楚真實的情緒。

「幾號?!蛤什麼～～～那天我要公演～～～喔！不！！！！！！」

女孩得出結論，她終究不能出席。

「沒事啦。我是誰，我懂好嗎？」男孩好聲好氣地回答。他似乎沒有任何感覺，沒有失落，沒有黯然，就連自己也覺得這種毫無感覺的心理狀態挺出奇的。不過，準備結婚很忙碌，他關掉視窗。很快地開始處理別的事。

完全沒有感覺，完全的平面，是很多低谷和很多山峰的組合和抵銷，不過，他已經沒有時間分析了。

婚後的幾年，生活也算是順遂，不久之後，自己的第一個女兒出生了。

按照慣例，他傳訊息給女孩：

「哈哈，我第一個真正的『女兒』。」同時附上了嬰兒熟睡的照片。

沒多久傳來女孩的回覆：「天啊！！！！恭喜！！！好可愛喔！」

寒暄沒多久後，女孩下線了。

男孩闔上了手機，開始繼續整理他準備要改成小孩房的舊書房，現在才整理已經要被太太罵到臭頭了。

翻箱倒櫃中，一疊高中時的通訊錄和畢業照掉了出來。他來了興致，拿起來一張一張慢慢地看著，有當時女朋友的電話、合照，還有班聯會每位幹部的電話，各種聚會照片，真是青春啊。

就在最底下，是一張照片。那是女孩幫他拍的。一張在他們老家的橋上，逆著光的側影，那是女孩的慣用手法。翻過照片背面，那是一首詩。他心中一跳，對喔！天啊！有這首詩，這什麼時候寫的啊，不看到都全忘了。

那是他自己的字跡，到底是在哪一天，什麼心情寫下的呢。

「如果我有個地方　能容納你的悲傷
那是我的心臟　為你留下空窗
如果我是片海洋　能倒映你的模樣

承載你的淚光　在你墜落後一起流浪」

男孩笑了。至今他仍然完全搞不懂自己跟女孩是什麼樣的情誼。

他知道自己確實深愛著結婚五年的太太，在美國奮力打拚的時光，茫茫人海裡的遇見，是太太陪伴在自己的身旁。也知道今後會用盡全力去愛護剛誕生到這世界上的女兒，那兩個女人，絕對是他生命中的全部。

公主女孩呢。

大概永遠都不懂吧。

也許在人生抽屜裡很深的某一格，會放著女孩的側顏。

那是一種對青春的茫然，對一切新事物的好奇，是長大的過程中對「所有矛盾」的不理解；對現實不如所想的悵然、和對理所當然分離的釋懷。

那麼多的感覺和她本身，交織而成的一種記號。

那個，會烙印著，他知道。

聽說，她也在國外登記結婚了吧。

我想，今後，不用再擔心她了。

〈想在你身旁〉

忽然想你的時候

逆著陽光，短髮女孩看不真切對方的臉，
但聽這聲音，她知道那是誰……

「我討厭你」

收到這張字條，短髮女孩背上的寒毛忽然一根根站了起來，曾經發生的事彷彿投影的布幕強制要在她眼前播送著什麼，那些陌生的臉孔將她團團圍住，對她丟垃圾，吐口水……她感覺到一股熟悉的蒼白，似乎要襲擊她的腦袋……

不！那是過去的事了。她對那影像說。

她甩一甩頭，將那些畫面趕出腦袋，深深地呼吸。

在恢復平靜後，她拿出一張潔白的底上面帶有藍色小印花的便條，仔仔細細用娟秀的字跡寫下：

「我不知道做了什麼讓你不開心，但如果你討厭我，我會離開。」

小心地把寫著字的那一面摺到內部後，趁著國文老師慢條斯理寫著黑板時，短髮女孩將字條輕輕地拋向右後方馬尾女孩的桌上，轉回頭，自此專心地抄寫老師在黑板寫下的重點。

我想本來就知道會是這樣的結果，既不意外，也就沒必要太傷心了。

短髮女孩在心中這樣告訴自己。

八個月前，她與馬尾女孩結成了好友。

她們本是看似不相干的兩個人，即便到了現在她們仍是看來各有一方天地。

短髮女孩的個性沉靜，不擅言詞，自認除了成績名列前茅以外一無是處。她有一個躁鬱症的哥哥，在家時不時會把牆壁捶出一個洞來，或是在身上刻印出幾個窟窿來，爸媽為了哥哥看遍了不知多少名醫也尋求宗教力量。總之，家人的重心從來不在她身上，因此她養成了絕不讓人擔心的習慣，生活一切盡可能地自理，即便在學校也總是沉默寡言，在家裡的經驗讓她覺得，只要當個透明的人，那些風暴就不會掃到她身上。

然而在學校這種環境，安靜沉默卻讓她變成一個異類。國小開始各式各樣的排擠、嘲笑接踵而來，上了國中之後更是越演越烈，肢體的欺侮也終於成為壓垮她的稻草。記得那天從醫院醒來，看見媽媽淚流滿面地哭著說：「為什麼我的孩子都會變成這樣？」

其實她不太記得到底發生什麼事，只記得很多人對著她拳打腳踢，老實講她並沒有感覺到太多所謂傷心啊、難過啊或仇恨啊之類的情緒，只是忽然感到一片空白，醒來之後就躺在醫院的床上了。醫生說這大概是一種自我保護機制。

簡單地治療好輕微的外傷後，也拿了幾個月的「心理治療」藥物。短髮女孩再次回到學校。她永遠記得母親哭泣的臉龐，於是她要盡可能地讓自己平凡地存在著。

升上高中之後，她大概可以將平凡這件事拿捏得很好了，成績其實可以簡單地成為全班甚至是全校第一，但只要稍微寫錯幾題，維持在前五到前十名就可以，這樣既不用讓人擔心也不會受到太多注目。社交方面，只要偶爾講幾句話，不至於都不講話就可以了。所以她有幾個看似朋友的朋友，大家簡單地討論時下的偶像和明天的考試題目。總以為，這樣的日子簡簡單單過下去應該不成問題。

她唯一的興趣就是黑死金屬搖滾樂。這和她文靜外表一點也不搭調的嗜好，和這個時代格格不入的陳舊收藏，成為了她的祕密、她的出口、她僅存一點和自己相像的部分。每每她總能從那一聲聲的嘶吼，那一句句墮落的字句，找到被捧起的感覺。基督教徒的母親總是談起救贖，她不太清楚那是什麼，如果真要說的話，大概就是如此了吧。

也許是這唯一的出格之處，令她和另一個女孩的世界重疊了。

「很吵嘛～這是什麼音樂啊？」在某個清澈到每個人都去追逐藍天的午後，

她右邊耳朵的耳機被什麼人抽起。

逆著陽光，短髮女孩看不真切對方的臉，但聽這聲音，她知道那是誰，那是一個像這個炎熱季節該有的涼風一般的存在，跟她原本毫無關聯。

長髮綁著馬尾的女孩將耳機放進自己的耳中。

「你很叛逆唷！」那雙特別黑的瞳孔朝她狡黠一笑。

這也許就是她們世界重疊的那一天。

馬尾女孩與短髮女孩完全不同，她們怎麼看都不像是會成為好朋友的類型。

馬尾女孩喜歡說話，喜歡交朋友，對一切新奇的事物都充滿興趣，她喜歡聽音樂，各種音樂都聽，她會和班上的同學一起去聽韓國男團的演唱會，也可以和吉他社的帥氣學長暢聊英國非主流的獨立音樂人。她也喜歡運動，在體育課時，從不像其他女孩一樣站在樹蔭下躲懶，她會認真地去跑去跳，和班上喜歡打籃球的男孩女孩們都玩在一塊兒。

馬尾女孩也總是有什麼說什麼，她要是不喜歡什麼人，一定表現在臉上，要是傷心難過了，大概很快就會有同學上前關心她怎麼了。

其實要認真說起來，短髮女孩覺得她有一點吵，但不知道為什麼，她就是沒辦法討厭她，就像所有人一樣，沒有人不喜歡馬尾女孩的。

自從那一天起，馬尾女孩時常分享更多不一樣的音樂給短髮女孩，雖然短髮女孩不是全部都喜歡，但也確實從中找到許多值得欣賞的音樂家。馬尾女孩也喜歡短髮女孩在聽的黑死搖滾樂，她們甚至相約到連店員都滿是刺青的深夜Live House聽音樂，結果在凌晨十二點的時候毫無懸念地被趕出去。回到家時，短髮女孩也不免受到母親一陣戲劇化的悲訴：「你哥哥已經夠讓我操心了，難道你也要這樣嗎？」

這些短髮女孩都不是特別在意。她也沒有思考過馬尾女孩究竟對自己是一種什麼樣的存在，只是很自然地，她接受馬尾女孩分享的許多東西，從一開始的音樂，到後來，舉凡電玩、漫畫、作家、話劇，馬尾女孩只要遇到了新鮮好玩的事，就一定要讓短髮女孩知道。課業對短髮女孩來說從來都是游刃有餘，所以在半解任務的心態下，她也很認真鑽研馬尾女孩分享過來的所有事物，她希望自己有一天也可以從中再給予一些東西回去。

可是，這天，馬尾女孩卻生氣了。

「我討厭你」

這張紙條出現得很忽然，短髮女孩甚至也沒有力氣去回想自己到底做了什麼事惹對方生氣，其實她對這一切並不是很意外，她記得這樣跟一個人密切地來往，大概是小學之前的事了，對方是個很可愛有著一頭洋娃娃鬈髮的女孩，不知道哪天開始忽然就到處說了自己什麼壞話，於是開始被班上同學排擠。到了國中也一樣是如此，大概自己就有種討人厭的體質吧。她沒有再往下想，她也怕曾經發作過的「空白」症狀會再發生，雖然至今連醫生也說不出一個確切的所以然，但她隱約知道，不要再往下想比較好吧。

她回復到了原本的生活，她和馬尾女孩的交情，算是很低調，馬尾女孩在學校有自己的交友圈，和她混在一塊總是在下課後，或是在家用通電話的方式，因此大多數的人並不知道她們交好，即便現在看似絕交了，也沒有什麼影響。

短髮女孩暗自鬆了一口氣，真要說有什麼感覺的話，大概只覺得可惜吧。

不知道從何時開始，每次看著哥哥大悲大喜大怒大瞋，她逐漸開始對很多事情失去感覺，如果感覺可以把一個人操控成那樣，那真的是很愚蠢的存在，何必要有。

幾個月後，學期最後一次考試結束了，即將迎來暑假的那天，走在回家的路上，她耳機裡播送的是最近新找的歌劇原聲帶，原本打算可以給馬尾女孩聽看看的，不過看來是沒有這個必要了。然而快到家門口的時候，她看見一個很熟悉的背影。她一樣用銀色的髮圈將一頭黑髮高高地豎起，穿的是一件很寬鬆的白T以及一件在她看來破洞多到幾乎可以看見整片大腿的牛仔褲，她以前每次都想問幹嘛不直接穿短褲就算了，不過她沒開口，反正那種東西是不可能穿在自己身上的。

馬尾女孩轉過身來，用跟這片藍天完全搭調的笑容說著：

「天氣好好誒，我想去M公園。」

「好是好，可是我要上去換件衣服。」離開學校時耽擱了些時間，至今她仍穿著校服。她幾乎沒在思考，憑著習慣行動。

她們搭著快速列車，交換著耳機分享最近發現的好聽歌曲，一切如此地自然，自然到短髮女孩覺得紙條事件可能是一件沒有發生的事，也可能是一場夢，或是平行時空的某個劇情罷了。

「我覺得我好像真的喜歡他。」馬尾女孩一如往常說著自己的少女心事。

「其實你會喜歡他也不奇怪吧。」短髮女孩小心選擇用詞，等待她繼續說。

「可是，我不確定他有喜歡我嗎？算了，我覺得還是不要知道比較好。」

「他有每天中午去找別的女生午餐嗎？這很明顯了吧。」短髮女孩回答，聽她說起這個男孩，起碼也有半年了，每次看著馬尾女孩各種傻裡傻氣的煩惱，她都覺得好笑。

「別說我了，你那個教會的大哥哥呢？」馬尾女孩話鋒一轉，短髮女孩只覺得懊悔。當初馬尾女孩逼問她有沒有喜歡的男生，於是隨便把腦裡想到一個算是可以說得上話、在教會認識的大哥哥拿出來擋，沒想到馬尾女孩認真了，每次總要問幾句，搞得自己後來每次看到那位大哥哥都覺得好像不太一樣了。短髮女孩也覺得奇妙，分享給學校同學不屬於學校的事情，這還是頭一遭，她也對自己能夠第一時間想起這位大哥哥有了一絲好奇，為什麼會想起他呢。

就這樣聊著聊著到了要回家的時候。

「其實我沒有討厭你，」馬尾女孩突然說。「只是，每次我先喜歡什麼，你都會變得比我還喜歡還要了解，好像總要證明你比較厲害。」

短髮女孩聽得目瞪口呆。先別說她連猜的力氣都沒了，就算她認真去想，就算她想一萬個理由，想破頭都不可能想到這種答案。

「我……」

「我知道你沒有這樣想。」短髮女孩正想開口時，馬尾女孩打斷了她，繼續說著：

「因為你就是這麼厲害，你不是故意的，所以我以後都不會生氣了，以後所有好玩的事都交給你煩惱就好啦，我就等著聽，嘿嘿～」綁著馬尾的女孩嘻嘻笑著，整個人像要融化在晚上的風裡似的。短髮女孩想捉住她，不然可能一下就被風吹走了。

馬尾女孩說得沒錯，自從那天之後，她們沒再吵過一次架（正確來說應該是馬尾女孩沒再任意亂生氣過一次）。

一年後，她們都順利考上了大學，即使是不同學校，每到考試時期，她們也總是一起在圖書館念書，一起聽音樂。

馬尾女孩也交了男朋友，每次吵架總要打電話給短髮女孩抱怨很久。每到閒暇時間，有什麼新的網美店，也總要找短髮女孩一起去打卡，順便再追問短髮女孩跟她的基督教大哥哥到底有何進展，當然每次都是不了了之。馬尾女孩不放棄地想要讓短髮女孩多了解一下自己的感覺，短髮女孩照著做了，慢慢地感覺，似乎從跟不同的人對話時，能稍微找到一點點趣味性。也試著去理解馬尾女孩說什麼情況應該要生氣啦，什麼情況好歹應該要傷心一下，等等諸如此類的情緒。

其實馬尾女孩自己也不懂為什麼，她從來也不缺朋友，可是就是什麼事都只想和短髮女孩分享。她有健身的朋友，可以和他們討論運動的事，也有一起追星的韓系女孩們，可以一起打扮化妝，也有學校社團認識的新同學，可以一起探討人生和未來。可是就沒有一個人是像短髮女孩那樣，什麼話都可以說，就算是最內心的看法，最無聊微小的情緒都可以毫不保留地說，短髮女孩總是沉默地聽，再給出一點點自己的想法，有時候就算她不一定要回應什麼，馬尾女孩也覺得很好。她可以跟她談論小學同學怎麼了、國中同學怎麼了、大學同學怎麼了、男朋友怎麼了，好像自己在對方面前是透明的也不怎麼介意。

她知道短髮女孩不喜歡跟陌生人說話，從小到大也沒太多朋友，所以她挺自豪自己算是少數知道她最多故事的人。她知道短髮女孩有個生病的躁鬱症哥哥，有個情緒化的母親，跟存在感極其稀薄的父親，除此之外好像暗戀同教會的某個大哥哥，某次機緣巧合自己還看過那個人一眼。果然是個如沐春風的溫柔角色，戴個眼鏡、膚色白淨，與短髮女孩確實很般配，只是兩個人到底為什麼只能卡在一起參與教會事務的階段而已？

她回想起當初想跟短髮女孩做朋友，也許是因為她聽的音樂類型吸引了她，覺得她如此沉靜溫柔的外表卻喜歡這麼黑暗氛圍的音樂，一定有什麼不為人知的祕密。久而久之，確實也知道她跟一般人不同，除了異常聰明外，似乎對很多感受都很遲鈍。剛開始抱持著想拯救她的心情持續地跟她當朋友下去，沒想到竟然有這麼多共同興趣可以分享。與其說共同興趣，倒不如說她覺得自己在開發短髮女孩，介紹許多事情給她後，她總能從中找到更好的更不一樣的。在自己的「引導」下，感覺短髮女孩進入大學之後，似乎在人際關係方面也進步許多，有了新的同學，有時候竟然還聽說她因為要跟同學一起去準備分組報告，而不能與她見面了，這時候忽然覺得有點寂寞了。有時候，她開始懷疑，到底是她拯救了短髮女孩，還是短髮女孩拯救了她呢？拯救了她很多微不足道的奇思異想，聆聽自己說很多對人生的盼望，以及對於夢想的憧憬。從小她就是個想法很多的人，而且對於想做的事，是無法不去執行的。在很多人嫌自己囉唆的時候，是短髮女孩靜靜地聆聽，讓她在訴說的同時理出自己的頭緒。然而，現在的短髮女孩，越來越開朗了，也在自己的建議之下結交別的朋友，會不會有一天，她就離自己越來越遠了呢？

不過那也是沒辦法的嘛，馬尾女孩爽朗一笑，畢竟沒有誰是永遠屬於另一個人，如果她能找到自己的人生，應該要為她開心的。雖然現在她們見面頻率稍微少了，但相信，自己會把這段情誼維持住的。

畢竟，馬尾女孩正在自己的夢想中前進著，她將自己的想法都化為文字，現在準備要出版第一本詩集，成為一位作家了。

當短髮女孩說出自己要去美國就職的時候，馬尾女孩吃驚之餘，也是為她開心的。

「現在時代這麼便利了，而且你每年過年回來我們都還是可以見面的。」

「對啊，你有要買什麼美國才有的化妝品，我也可以幫你帶。」短髮女孩說。

她穿了件合身的洋裝，更顯得她嫻雅的氣質出眾，馬尾女孩忽然覺得很欣慰，總覺得，不久之後，短髮女孩一定可以找到自己的幸福的。

直到那一年，快要過年的時候，仍然沒有收到短髮女孩要回台的消息。她傳訊息給短髮女孩，得到了簡短的回應：「嗯，對啊，今年有點忙，應該不會回去。」

馬尾女孩也不以為意，那時她正在舉辦巡迴簽書會，也是分身乏術。這段時間她沐浴在自己的夢想裡，身旁圍繞著出版商、編輯，時不時有許多專欄和邀稿，也有一個感情穩定的男友。順遂的時候，似乎不那麼需要傾吐心事，等到回過神來，又是一年過去，幾乎沒有短髮女孩的消息。某個工作告一段落的沉靜晚上，她發了郵件給短髮女孩，她報告了自己的近況，簡略地分享了心情，也詢問短髮女孩的近況。然而幾天過去，仍然沒收到回應，再回過神又是一兩個月的光景，她寄出去的郵件，仍像石沉大海一樣沒有回應。手機的簡訊也是沒有回答，LINE則是連讀都沒有讀過。

馬尾女孩覺得很不對勁，從她們學生時期相識以來，除了那次她單方面地跟人家鬧彆扭，就沒有發生過這種情況。然而工作還是忙碌的，期間，她持續寄出信件、短訊，或是直接播打語音電話，仍舊沒有得到回音。這當中，她還做了一場很怪的夢，她夢見短髮少女，穿著一身黑色的西裝，但實際上的情節卻記不太清楚。醒來後她覺得感覺很異樣，卻又稀薄，很快地排山倒海而來需要動用腦力的工作，讓她又淡忘了這件事。

等到馬尾女孩正式開始行動，是隔年過年的時期了。挑選了初三這種比較不尷尬適合拜年的時段，直接打電話過去吧，說不定短髮女孩就會一如她們學生時代那樣接起電話。她幾乎是直覺式地背出並且按下短髮女孩的家裡電話號碼。大概除了自己的父母家，她也沒再記得過誰家的電話，連男友的都不太記得。

接電話的是短髮女孩的母親，在她報上姓名簡短寒暄過後，傳來電話那頭的哭泣聲時，馬尾女孩陷入一片空白。

不會吧，有必要這麼戲劇化嗎？這不是電影情節嗎？

幸好，這畢竟只是簡單而樸實的作家的人生。馬尾女孩自嘲地想著。聽完短髮女孩的母親說完來龍去脈之後，馬尾女孩稍微安定了心神。起碼，她還活著。只是，她是怎樣地活著，是否活在某片空白裡？她想起短髮女孩曾經跟自己提起過的那段空白記憶。

短髮女孩的母親說，短髮女孩初到美國時，都還一切順利，不但找到工作，也找到室友一起租房子，這前段馬尾女孩都知道。只是後來不知道她與室友之間發生了什麼事情，短髮女孩忽然昏厥，送醫之後，發現是孩童時期的空白症狀又發作了，只是這次清醒之後的狀況卻很糟糕，她不願意說話，也不願意跟人相處，親手丟掉了手機，後來更獨自出院，連原本的住處都搬走了，她的母親也是花了好一番工夫才又聯絡上。「她這大概是嚴重自閉症發作吧。」短髮女孩的母親用一句白話做了總結。

「那，不然，我去美國看看她？」馬尾女孩心驚膽戰地聽著一面出聲詢問。

「我也希望，可是不行啊，上次我把她的聯繫方式給了她教會的大哥哥，沒想到她就跟我斷絕聯絡。我跟她爸爸親自飛到美國去她新的住處才找到她，現在我們沒有經過她允許再也不敢告訴別人她的地址了。」短髮女孩的母親一邊啜泣一邊無奈地說著。

「這樣，你試著多跟她email看看，她email倒是沒有換，過段時間我試著問她看看把她現在的LINE給你，看她願不願意。」

幾個月後，馬尾女孩到短髮女孩母親做志工的地方探望她，順便制定了這樣的計畫。

接下來的幾年間，馬尾女孩的夢想不斷地推送著她到許多不一樣的地方。她到有華人學校的地方做專題演講，也做簽書會。有空的時候，她就會坐在桌前寫一封長信給短髮女孩，說說自己的近況，也若無其事地問問短髮女孩現在在哪，做著什麼樣的事呢。當然，她並沒有得到回音。這期間也和論及婚嫁的男友到澳洲短暫地生活過，在那人生地不熟的地方遇到了挫折，她掉下淚來，才發現自己唯一可以說話的人已經不見了。這時候她才明白，沒有人理解自己的感覺原來是這樣。然而這時她只覺得愧疚、心痛。長久以來，自己受了傷、難過了，總有人可以傾聽、可以訴苦，可是當對方難過的時候，自己卻沒有試著感覺。要是當時她有敏銳一點，不只是專注在自己的事上面，也許她可以早一點發現短髮女孩的異樣，她也不會像現在這樣，完全放棄，逃離和這個世界交流了。

她回想起來，忽然覺得短髮女孩就像外星的女孩一樣，要不是自己總是黏著她死纏爛打，她說不定也不會願意停下腳步看看這個地方。

「前天我換了個方式，說你有打電話來，把你的LINE給她了，她當著我的面也加入了，你就試看看，說不定她願意跟你聊聊了。」這天短髮女孩的母親傳來消息，馬尾女孩很快地加入了她新的帳號也傳了招呼訊息，當然，訊息完全沒有被讀。

這樣的日子五年一下就過去了，期間，馬尾女孩去了很多地方。她到了義大利，在羅馬的古城裡找到了老舊的唱片，轉錄成ＭＰ４寄給了短髮女孩。也到了法國，拍攝落日下的巴黎鐵塔傳訊息給短髮女孩。又到了土耳其把坐熱氣球的感覺一五一十地寫進email傳給短髮女孩。與其說她在和短髮女孩說話，更不如說她像在跟另外一個自己說話，這些年來，她逐漸明白，歷經歲月，穿過光陰，一個人要仍然了解另一個人竟是那麼地不容易，從小到大，短髮女孩幾乎了解過自己的一切，現在即使短髮女孩躲起來了，她仍希望，她像以前一樣明白自己。願意讓另一個人毫不保留地讀懂，原來是一件如此可貴的事。

她想念她。原本她以為，這種想念只屬於愛情，直到你遇見，才知道有一種想念是只屬於一個朋友的。

「你好嗎？」馬尾女孩打上這封郵件的結尾，轉頭看看窗外，她此刻正在地中海的一艘渡輪上，月亮沒有想像中的亮，房間的地板有點晃悠悠的，她闔上眼睛，回想著在這封信中，她告訴短髮女孩自己將要結婚的事。這些年來，她總會在許多片刻忽然想起短髮女孩，想像很多事件如果可以跟她討論會是什麼樣子，或是聽見什麼新奇好玩的活動，也很想知道短髮女孩會有什麼看法。她知道，這些信將會一直寫下去，不論自己的身分如何轉換，只希望有那麼一天，她，能夠再把她找到。

☆

那天晚上，她剛用LINE傳過年短訊給短髮女孩，看著從以前累積到現在的未讀訊息，覺得有點疲累，她把手機放下，閉目養神。

吱吱。

手機忽然震動了一下，馬尾女孩一陣惱火，過年也要催稿嗎?!

她憤而拿起手機。

訊息，來自，短髮女孩。

「新年快樂啊。你好嗎？」短髮女孩回傳了訊息。

馬尾女孩簡直不敢相信，這是她本人嗎？？

她帶著略微顫抖的雙手，趁對方應該還在手機旁趕緊不動聲色，若無其事地回覆：「哇！不簡單，你會用手機囉！」

「對啊，我太想你了，只好回覆你了。」

馬尾女孩的眼淚流了下來。她知道，這次，終於把她找到了。

〈忽然想你的時候〉

100分

除了追逐所謂的夢想之外，
理想生活果然還有許多細微的角度，
值得她去努力……

今天是黑貓諾諾打第一劑預防針的日子。

薰花了一個早上，把異常怕人又容易受驚嚇的諾諾誘騙進了外出提籠。

在兩年前，薰從認養中心認養了不太有詢問度的黑貓諾諾，身為瘦小又怕人的黑貓，大概不太受到希望能得到貓咪療癒的人類青睞。但是當飼育人員把他抱起來展示的時候，薰就被他肚子上白色雪花般的毛色吸引了。

全身絨毛黝黑富有阻嚇意味、肚子卻那樣地純潔脆弱，再搭配一雙渾圓試圖讓自己變得很兇狠卻有說不出趣味感的黃色眼睛。

他很害怕，但是他真的很任性很勇敢地抵抗著世界呢。

「就是他吧。」薰做出了決定。

飼育員們都如釋重負般，準備著諾諾的認養手續。畢竟像他這樣的貓咪，如果沒有人認養，很可能遭到原地野放的命運。

兩年的時間雖有一點點進展，諾諾沒那麼怕人了，也會坐在距離薰大約五十公分的範圍內觀察，不過還沒有到主動靠近的地步。以極度怕人的貓來說，已經是很不錯的進展了，薰告訴自己。也因此他的預防針進度一直延宕到了兩年後的今天。

在疫情的催化下，人類尋找著疫苗。薰看著諾諾覺得一直不打疫苗的話，好像實在說不過去，也因為現在不用每天到工作室工作，她終於有時間來「處理」這個棘手的課題。

由於疫情的需求，無法陪同諾諾一起進入診間，必須將貓咪交給獸醫，再透過視訊看診，這一點讓薰有點忐忑，自從諾諾成為家裡一分子後，好像沒有像這樣必須離開自己身邊的情況。雖然說也不見得彼此感情有多好，但是膽小如他，真的能面對其他的陌生人嗎？

再三交代諾諾的脾性後，薰離開了診間，來到空曠處開啟視訊。

在幾位醫師的共同協力下，一切倒是進行得比想像中順利。沒有預想內的衝撞獸醫院，也沒有驚慌抓傷醫生的戲碼發生。

透過畫面中看到針劑注射的那一刻，薰不由自主地讚嘆：

「啊～諾諾真棒～１００分喔。」

診間內的氣氛看來還算緩和，醫生們也終於鬆了一口氣。

不過說完這句話的薰自己，倒是愣住了。

１００分？我剛說了什麼？我在給自己的貓貓打分數嗎？？

視訊畫面中的醫生們開始進行善後工作，清理診檯，也將諾諾放回外出提籠。

薰則陷入了長長的沉思。

如果諾諾今天因為害怕很不乖地扭動，不配合，造成大家的麻煩，或是滿診間亂竄，或是鬼吼鬼叫，我就要給他扣分嗎？他就因此要成為我心中只有七十五分，不！甚至是不及格的貓咪了嗎？然後我會因此愛他少一點？回家少給一條肉泥作為處罰，或者是晚餐不准吃罐罐嗎？

她的思緒飄回七八年前，她剛從大學畢業的那一天。

她將大學畢業證書丟在父母的面前，冷冷說道：「這就是你們要的。」然後回家把所有的參考書、考試卷全部撕掉放入回收箱的那一天。

她在心裡暗自決定，從今以後她要過自己想要的生活，不要再有分數、再有樣本、再有考試。

一直以來，她都不想走升學的系統。

她熱愛跳舞，所以一直想念專業舞蹈學院。可是嚴厲的父母從小花了很多金錢讓她補習，就是希望她升學拿到文憑。不斷地衝突之下，也造就親子關係越來越糟糕。最後終於和父母達成最低限度的共識。

「只要你考上大學然後念畢業，以後隨便你。」父母看似做出了妥協。

不過妥協的是我吧。薰這樣想著。

她恨透了這一切，彷彿分數變成評判人的第一標準，將同學們分出好幾個區塊，原本親近的，也因為分數的高低，逐漸形成新的小團體。

再加上他們拚命爭取到高分的東西，根本跟自己好惡沒有一點關聯。別人怎麼想她不知道，她只是想趕快擺脫這一切。

當然學校生活還是有很多愉快的回憶，只是無形中她總覺得有很多無法跨越的界線，不能被質疑的權威，即使有許多其他的長才，在成績單低於六十分的那一刻，就成為了值得擔憂的對象。她永遠不會忘記那天，剛在團康課演出完自創舞蹈時同學們各種傾慕的神色，不到半天，川堂張貼出模擬測驗成績單，而她的名字排在倒數第二位的時候，旁人轉變為指指點點的那種神情，同時也立刻被班導要求放學後「到辦公室來一下」。彷彿其他事做得再好，不懂得怎麼考試的話，那就一無是處了。

她真的很不喜歡這種感覺。

直到大學畢業那一天來臨，她感覺她的人生才終於開始。

在大學期間，她就一直在自修舞蹈，也參與相關社團和課程。

讀的科系和她即將想要尋找的工作也沒有什麼關聯。

畢業後不久，終於憑著自己一直沒有間斷的熱情，和與身俱來的律動感，即使不是科班出身，也得到了在舞蹈團見習的機會。雖然不能說很順遂，但是不至於到完全沒有機會，而且這是自己喜歡的事，即使兼職的收入不算很高，住在幾坪大的分租套房裡，還是覺得充滿希望。

當然，社會不可能全都是美好的，多數時候，即便她身處喜愛的領域，還是不免用一些「級分」、「學歷」等名目被看待，被比較。深知無可避免，但她力求能從自己出發點來看待他人時，能免除這些既定眼光。

可是卻在今天，自己竟然脫口說出這種一直想擺脫的字眼和邏輯。

原來，這一路走來，終究還是難逃被這種框架和思想枷鎖洗腦的命運。

回到家中，諾諾驚恐地奔離外出籠，躲避一個下午後，晚上終於放下警戒，正舒服地躺在瓦楞紙睡窩中理毛。

薰在不遠處看他，感受到自己又深深地重新學習著。

當初，因為諾諾表現得並不如一般人對貓咪的期望而乏人問津，差點失去擁有一個家的機會……

啊，不！說不定他生活在野外也沒有什麼不好，我又自以為是地用自己的邏輯去試圖定義和給予了。

薰笑了，搖搖頭，我果真想太多了是不是，呵呵。

不管怎麼樣，和諾諾都一起走到了現在。相信今後會繼續一起走下去，就算他始終都不會成為一隻大家期望中的貓咪，她依然會將他當夥伴一樣相處著。

距離自己計畫結婚生子的年齡還有大概四、五年吧，她也知道人生不一定很多事能照著預期，但希望如果自己真的有寶寶的那天，可以真正徹底地擺脫現在這種行為模式。把一些習慣性上對下的讚美拿掉，改成「你好有禮貌喔～」或是「你真貼心」這種特色性的表達。

看著在微暗燈光裡稍微翻出潔白肚子的諾諾，她知道，除了追逐所謂的夢想之外，理想生活果然還有許多細微的角度，值得她去努力呢。

離開後別對我好

映入眼簾的文字像是一條條的繩索，
緊緊勒著少女的脖子般，
令她啜泣著無法呼吸……

叮咚。

桌上的手機震動並發出聲響。

少女抬起埋在枕頭中的臉，細碎的頭髮黏在哭濕的雙頰。

「有好好吃飯嗎？」

手機螢幕上的文字不知道為什麼看起來又大又亮又刺眼，簡直要刺中她的心口。

於是她哭得更兇了。

「沒有。」她火速地回覆。

大約十秒過後，「要記得吃啊。」對方也很快地回覆了。

所以呢？然後呢？就這樣？

那你還不如不要傳這封LINE。

少女用力地把手機扔進棉被裡，躺回枕頭上被枕出的洞中，用嬰兒般的嚎啕大哭開啟她的一天。她還記得很清楚昨天晚上發生什麼事，近來總是跟她爭吵不斷的男友，喔，不！是前男友，說因為他們的個性太不適合了，還是退回朋友關係吧。她甚至一字不漏地記得他們昨天是怎麼約法三章的：

「我們還是可以關心對方，但是不能講電話，因為聽到聲音太容易動搖了，傳LINE就好，如果有了新對象，也記得要告訴對方。」

然後她的前男友還哭了。

他到底有什麼好哭的，不就是他提出的分手嗎？不就是他覺得個性上的不合適是無法解決的根本問題嗎？

迷迷糊糊地又睡了許久，少女再醒來的時候才發現竟然已經下午四點了。

她聽見肚子咕嚕了一聲，似乎有一點餓了，可是她還是不想吃東西，不知道這是一種懲罰還是一種儀式，失戀的人本來就應該要不吃不喝的。

在床上又躺了不知道多久了，叮咚聲又響了。

少女火速從棉被裡翻找出手機，點開。

「現在吃東西了嗎？」前男友傳來訊息。

「沒有。」簡直像在報復似的，她立刻回覆。

「你是不是又哭哭了？」正在線的前男友立刻回傳。

「對。」

「你哭會頭痛，這樣不好，趕快吃東西喔，我要練球了，先掰。」

很好……反正，你也不會打來，正如你說的，我們不可以講電話。

少女一陣惱怒，立刻發了長篇訊息：

「你問那麼多，有什麼意義，反正你也不會關心。我吃沒吃，頭痛死那又怎樣，你又不會打來，那你問個屁，不如再也不要聯絡了，既然都沒有要在一起了，你練不練球幹嘛跟我說……」

一封長長的抱怨訊息發出，精神也來了，少女終於走出宿舍門口。室友這幾天去畢業旅行，只剩她一個人，再耗弱下去，真的沒人會來救她。

原來肚子真的不會因為心情很不好就沒有感覺。一天下來，終究還是會餓的。

胡亂吃完一個便利商店的加熱麵包後，喝起了奶茶，喝著喝著不知道為什麼眼淚又流了下來，少女翻開手機，晚上六點五十分，前男友仍未回訊。

他是不是又覺得我煩了？

他最不喜歡我在他練球時煩他。

他可能去吃飯了吧？

他……

不對！關我什麼事。

少女忽然想起來了。

我們已經分手了。

手機訊息聲在晚上十一點多響起。

「你看你又來了，我從來沒有說不關心你，練球沒回訊就是不關心你嗎？去吃飯沒回訊就是不關心你嗎？所以就說我們不適合。」

映入眼簾的文字像是一條條的繩索，緊緊勒著少女的脖子般，令她啜泣著無法呼吸。

對啊，他們總是在重複這樣的對話，這樣的抱怨。

她不喜歡他總是半夜出去吃宵夜後就不接電話，她不喜歡他練球的時間比陪她的時間多，明明她可以為他放棄了加入吉他社，只為彼此有多點時間相處，為什麼他就不能為自己犧牲一點？

每次發完脾氣，她總是後悔，她也希望當個乖順的女友，像那些前男友哥們的女友那樣，但是她就是做不到。直到現在，她後悔了，那還有用嗎？

有用的，他說，他還關心自己。

於是，少女拿起了手機，播出那個她熟悉的號碼。

但是前男友並沒有接。

沒想到這種事一旦開始，竟停不下來，等少女回過神來，她已經製造了十一個未接來電。一模一樣的場景，一樣爛故事般的劇情，這次，甚至她連對方的女朋友都不是了。少女掩住臉龐，陷入了巨大的抽泣聲中。這一夜她難以入眠，每次彷彿快要睡著時，就會慣性地驚醒，就要查看一次握在手裡的手機，當然，每一次都沒有收到前男友的回電或者是回訊。

「我不是說過不要打電話嗎？你還好吧？」

第二天的下午一點，前男友傳來訊息。

「我不好。」已經過了遊魂似的一夜和一早上，少女簡直是投降般地求救。

「我也不好啊，但是你要加油，要乖乖的。」

一看到這樣溫柔的字句，少女感覺到所有的愛情就像大法師的魔蟲全部奔回木乃伊的身體那樣全部都回來了。她立刻問：「我可以打給你嗎？」

這一次，前男友約莫過了快半小時才回傳：

「我不是說了不要打電話嗎？我要出門了，先不說了。」

少女的淚水湧出，但是她明明沒有哭，她覺得她好像連哭的力氣都沒有了，沒想到，淚水卻還是有這麼多，不用透過哭，就可以輕而易舉地流下臉龐，滴落下巴。

就這樣，這是他們分手第二天的聯繫。

這樣的日子又持續了快兩個月，少女每天總是期待來自前男友的訊息。

有時候他會傳來「早安，要記得吃早餐」，然後一天杳無音訊。

有時候是中午，下午各傳一封。

更有些日子，他們會密切傳訊一個晚上。那時候少女甚至都忘記他們已經分手了。

但也有那幾天，一整天都沒有消息，甚至少女主動問了，也沒有回應。

這期間旅行回來的室友見狀，感到百思不得其解。

「不能講電話，可以傳簡訊？？每天傳？這是怎樣？」

「也沒有每天，這幾天他很少傳，偶爾。」少女漫不經心地回應，在跟第三方討論這件事時，她感覺有那麼一絲彆扭。

「So？」室友瞪大眼睛，擺出一個「你在開玩笑嗎？」的滑稽表情後，轉頭回到自己的位置上。

少女陷入一陣沉思。

是啊，So？然後呢？他們不再見面。這樣下去到底可以一起去哪裡呢？

「對了，明天晚上有幾個朋友找我去吃飯，他們是玩樂器的，你之前不是想學吉他嗎？不然要不要一起去？」室友忽然又轉過頭來若無其事地說著。

少女看著日曆，想著明天前男友不用練球，他可能會有時間跟自己「訊息」聊天。

「喔，明天，不用了，我有事。」

「有事，你有什麼事？」室友果然沒有放過她，還在直勾勾地問。

少女沒有回答。

然而隔天的晚上，前男友依舊音訊全無。

「在練球嗎？」少女試著傳訊問問，當然她整晚只得到了一個亮也沒亮的手機螢幕和一個再度哭泣的夜晚。

過了幾天，前男友又煞有介事地在晚間傳來訊息：「有乖乖吃飯嗎？」彷彿這幾天的失去音訊不曾存在過一般。

這時躺在床鋪裡的少女正歷經生理期，這一次不知道是怎麼回事，痛得厲害，室友剛好不在，眼見自己已經一天沒吃東西了。

「我生理期肚子好痛，你可以陪我去買點熱的嗎？」她鼓起勇氣，生理上的虛弱讓她的精神也在脆化的邊緣。

沒過多久，手機傳來訊息：

「我不是說我們不要再見面了嗎？」

第一次少女覺得這個手機竟然是有溫度的，只是這個溫度又冰又硬，她歷經生理期的神經一碰到它都覺得快要暈厥。

少女沒有回傳訊息，她只覺震驚。

震驚自己怎麼會如此後知後覺，到今天才知道這一切是怎麼回事。

當然前男友也沒有再傳訊過來。

你不是說還可以是朋友，你不是說還可以關心？

就算是普通朋友，聽見對方說不舒服也不至於如此冷血。

原來所謂的朋友，是他無聊沒有別的朋友的時候可以是朋友。

原來所謂的關心，是他想關心的時候再來關心。

在身體極致敏銳、心靈連帶脆弱的這時候，少女的眼淚突然流光了似地停住。

她面部扭曲，只是因為肚子痛，內心卻無比清澈。她感到前所未有的釋放，就像第一次泡溫泉時才知道什麼叫放鬆的那種釋放。身體雖然疼痛，內心所有的煩惱卻都一溜煙蒸發掉了，她沉沉地睡去，一夜無夢。

隔日，在室友的陪同下，少女去醫院做了檢查，幾天後檢查結果顯示是子宮肌瘤，不過還沒有到需要處理的程度，只需要好好調養，定期回診。

「天啊，你不要再惡搞了，好好照顧自己好嗎？」室友皺著眉。

「好啦~我知道。」少女半撒嬌地說著，她都忘了，原來跟朋友也可以撒嬌的。

「還有，從今天起你不要想給我喝冰的。」室友板起臉來。少女卻呵呵笑個不停，她忽然覺得關心這兩個字，原來從來不是美好漂亮溫柔的字眼，而是在你最需要的時候，會出現的那種自然語言。她和室友兩個人在賣場挑了好幾種又濃又厚的高湯包才回家。

叮咚，手機傳來簡訊聲。

「這幾天還好嗎，肚肚好點嗎？」

少女突然覺得自己的白眼可以翻到後腦勺了，這都幾天了，要等到現在還在痛還有命嗎？她真覺得完全不想回應。要回就等下再回。順勢她把手機塞進了口袋。

直到隔天，她整理手機，才忽然想起這件事，她很驚訝。

我竟然可以把這個人的事忘了？沒想起來?!

原來……也不是很難嘛？少女苦笑了一陣，反覆看著手機螢幕上的字，終究，她把LINE頁面關掉了。

然而就在幾天之後，世界彷彿出現了翻天覆地的變化，新聞裡播報著所謂「新冠病毒大爆發」的字樣，大家都在惶恐，學校忽然間好像也不能去了。人們的生活習慣被迫改變，平常一直視為理所當然的事都不能做了，確實感到無比恐懼和空虛。

桌上的手機忽然震了幾下，最近少女把鈴聲改成了震動，以免自己注意手機。前男友依舊不時會傳訊息，偶爾她心情還會被牽動，會回應一兩句，但她發覺，只要還跟他聯繫的那天，自己就會心神不寧，因此乾脆把手機調成震動，當下能沒發現就沒發現吧。不過，此刻，室內安靜得怕人，疫情，似乎讓一切都沉寂了。

「你還好嗎？會不會很怕，要戴好口罩喔，有事要跟我說。」

跟你說幹嘛？難道你還會來救我嗎？少女冷笑一聲，她想起從前，她最喜歡前男友這種溫柔的口吻，但是現在卻恨透了這種毫無意義隨心所欲的假溫柔。記得前幾天她還聽到其他朋友告訴她，有看到她的前男友和別的女生走得很近。她想起他們的約法三章，想起這兩、三個月發生的事，想起最近毫無進展的人生，想起現在，世界忽然也被暫停了，但是，她覺得已經浪費了好多時間，她已經不想再停了。

於是，她按下回應鍵，一個字一個字地用心打著：

「從今以後，希望你不要再傳任何訊息給我，你已經沒必要再對我好和關心我了，再見。」檢查了一遍之後，她按下傳送，之後她找到封鎖加刪除選項，毫不猶豫地勾選，就像市場黑貓要逃離陌生人那樣頭也不回地按下確認。

幾個月前，她絕不相信會有這一刻，她會做這件事。

然後她從地上的黑色箱子裡拿出跟室友朋友借的老舊木吉他，仔細地將有一點點生鏽的琴弦擦了又擦，把電腦裡早已下載好的初階和弦譜點開。她賣力地按著，直到額頭都冒出了汗。也許，人生就像是彈吉他一樣，怕痛的話，是無法往前的。

也許，世界不知不覺改變了，然而少女從「前男友」那學到最好的事，就是知道該怎麼好好照顧自己，和用自己的力量，來面對一切的未知。世界必須暫停的這一陣子，她大概不會害怕，也不會空虛，她正有好多計畫，要開始執行呢。

〈離開後別對我好〉

難道只有我覺得

我們看似有所選擇，
會不會其實無從選擇。
又或者，我們真的都選對了嗎……

在這個星球上總有不同的故事
每個人的立場和看法不盡相同
在某個短暫的時間交疊後
也許就必須航向不同的軌道

該說再見時
就該勇敢地離去

我們都遇見過這樣的小故事
「難道只有我覺得」
很多人以為這是自以為優越的表現
但其實也是很孤獨的一句話呀

「難道只有我覺得他現在完全變了一個人嗎？」

「難道只有我一個人會難過嗎？」

靜的淚水在我面前滾滾流下，她剛和男友鬧了分手，於是我頂著明天要在圓形劇場彩排的巨大壓力聽她哭訴，沒有辦法，誰叫她是我從小到大最好的朋友呢。

靜的男友「K」，到後來也算是變成我和男友的好朋友了。大約在七年前，K頂著歐洲音樂名校高材生的名頭回到台灣，幾乎是空降似地加入了我們的樂團擔任首席樂手。他們倆是在美國相識相戀的，靜早他幾年回台，再加上身為音樂世家的獨生女，父親是知名男高音，母親是鋼琴家，K回來的時候她已經是女高音界的新生代一姐了。K雖然很受矚目，在樂團中得了一席之地，但論資歷年齡，還是必須意思一下地當個幾年被呼來喝去的菜鳥。

K可受不了這個氣，他一身才華，白手起家，靠著獎學金到歐洲念書，幾次聚會，趁著靜喝醉睡著了，他曾向我和男朋友透露過，他走到現在全憑著自己的努力，和有顯赫家世傍身的靜危機感完全不同。同樣身家平平的我們點點頭對他表示理解。

「你們不覺得，靜太耀眼了，在她旁邊實在有時候會累的。」K用手擠著眉頭苦著臉道。

男友眼見情勢不對，拚命在桌底下捏我的大腿。於是我趕忙堆著俏皮的笑容說：「沒辦法，誰叫靜可愛嘛～」我可沒說錯，靜在圈內甜姐兒的稱號可是人人認可的。

「是是是～」K總算這回不是苦笑，是真心笑了起來。

當時的他，畢竟還是蕩漾著熱戀期的青澀甜蜜。

因為幾次的四人聚會和出遊，再加上我們三人除了靜，都身在同一樂團，自然也變得熟稔親密，時不時交換音樂聆聽心得，一同出遊，K也時常分享給我們很多在歐洲學習到的技術，讓我們瞬間也有種高一層次的優越感。我們也很喜歡Ｋ這個新朋友，他處事不同於一般人，頗具西洋風範，少了柔善扭捏，說話直爽率真，才情洋溢充滿抱負就更不在話下，我們都覺得他倆非常般配，然而這幾年，我們倒是沒少當他們感情問題的排解人。

從一開始單純的Ｋ抱怨靜很累人，總是高高在上什麼都不懂，以及靜抱怨Ｋ總是不解風情，到後來似乎是到了旁人也難以置喙的狀況。

那一天，Ｋ陪著靜還有她的父母一同出席聚會後，Ｋ一個人來到我跟男友同住的小公寓裡。

Ｋ一把扯下靜幫他挑選的酒紅色領帶扔在沙發上。

「我真的很受不了他們家，究竟為什麼一天到晚講話要目中無人，好像我多高攀了他們家似的，一家人高來高去自以為貴族，拜託現在二十一世紀了好嗎，還以為中古世紀？」他一屁股坐下，順手喝了我們開到一半的威士忌。

幾輪下來兩個男生酩酊大醉，剩下我還清醒，正在收拾杯盤之餘，Ｋ忽然捉住我的手大聲道：「死老頭給我看著，我一定會功成名就，到時候再來看看是誰高攀誰。」說完在沙發上倒頭就睡了。

大概是以那天為分水嶺，之後的K開始接各種工作，原本樂團的工作也做，也開始尬團，沒日沒夜地工作著，靜三天兩頭來哭訴K都沒時間陪她。甚至有一天，K「周轉」不過來，於是打了電話給男友請他代打，大家都那麼好的交情，男友當然二話不說答應了。我還為這事不高興了幾天，畢竟K的彈奏是我男友不擅長的，曲目也不是那麼熟悉，為此男友熬了三個星期的夜。

就在準備幫K演出的前兩天，男友接到K的來電。

「誒~那個，我後來時間OK了，那你還有要去演嗎？」男友電話開著擴音，我頓時瞪圓了眼睛，這是什麼意思，是說好要找我男友幫他去演一天，現在臨時又說不用了的意思？我還來不及開口，好好先生的男友倒是先回他了：

「ㄜ……既然你時間OK，我沒有一定要去啊。」男友支支吾吾應著。

「ＯＫ，那謝啦，這次我自己演ＯＫ，那我先準備啦，掰掰，改天再聚。」

為此我念了男友很久，他自己幫忙熬夜練了三星期不說，還推掉幾場演出。

「沒辦法啊，他都開口了，我也不好硬要去啊。」男友嘟囔著。

「他都好意思開口，你又有什麼不好意思?!」我氣極語塞。

「他變了，我覺得。」我說。

然而早已累極的男友如釋重負般早已沉沉睡去，毫無回應。

接下來的一兩年，我們仍是常聚會，但是Ｋ卻越來越少出現，靜總是一個人來跟我們喝到天亮。Ｋ似乎在思考著離開我們的樂團，因為我們的樂團比較傳統演出也偏制式化，場地也很固定。但是每次看到淚眼汪汪的靜，最後通常還是以「我會再想想」結束這個話題。

一切看似如常。而始料未及的一天就這樣發生了。

那一天，我們的樂團正在準備大型演出排練，身為理事長之一的靜的父親來到現場，將K前一陣子精心推薦給樂團在歐洲採用的新編曲形式給否決了，K憤憤不平地和理事長爭執起來，向來不太在乎尊卑的他，在對話中也是照常直呼理事長的英文名字。理事長一語不發，忽然一怒之下舉起譜架朝遠處丟了出去。所有人都凝結在空氣中，K毫不退讓地怒目相視。

理事長聲如洪鐘：「把你歐洲的那一套收起來，這裡是華人世界，閉上你的嘴，認清自己的資歷和身分，名校畢業的人多得是，像你這種目無尊長的人，不配留在這個樂團。」

沒有人敢說一句話，凍結又沉悶的時間走了幾秒之後，K收拾東西，頭也不回走出排演廳。他終究還是離開了樂團。

後來K加入了另一個樂團，沒多久便升為了團長。

「我不想要現在這樣。」靜哽咽著。

「可是他如果在另一團更有出路，那也沒有不好啊。」我試著安慰。

「我覺得他離我越來越遠了，如果他連跟你們的團都退了，我都不知道還有什麼共同話題。」

「你怕什麼，你是女高音啊，跟什麼團都可以合作啊。」男友也試著安撫。

「不然，我們四個搞一個好玩的爵士團怎麼樣，這樣多了一份共同興趣啊。」我福至心靈。

靜破涕為笑，像洋娃娃般可愛的臉孔連我看了都心生疼愛，到底什麼人捨得她這樣哭泣呢。至於Ｋ和她父親的矛盾，似乎也暫時放在了一邊。

爵士團一開始倒是滿順利的，Ｋ的爭勝之心似乎被搶救回來，開始能在音樂裡玩樂，甚至大家還搞了幾場私人小演出，僅限大家的共同朋友來玩，賓主盡歡。

那一天走在河堤的小路旁，他們邊打邊嬉鬧，月光照著河水發光，我牽著男友的手，看著像孩子般的他們兩人，覺得身為愛音樂的人，有好友，有工作，有業餘興趣，沒什麼比這更完美了。

不過美好的關係，卻沒有持續多久，爵士團的練習越來越難促成，每次都因K有事而延期，我們以為起碼他們倆還是有約會見面，這天卻聽靜抽抽噎噎地哭著說：「我們也已經快一個月沒見了，就算我要去找他，他也說累。」

我正試著安慰，靜又緊接著哭道：

「你知道他和誰合作嗎。那個他最不屑的T集團，他以前是罵最兇的！現在竟然跟他們合作，我真覺得他瘋了。」

聽到這裡，我與男友也是啞口無言。記得幾年之前，我們四人在一起聊過，當時K可以說是最激動的一個，他義憤填膺地說著誰也別想牴觸他對藝術的堅持。那樣子還歷歷在目，現在卻已經在跟他當時最嗤之以鼻的人物合作了。

氣憤凝重的交談隔沒幾天，那是個下著雨的夜晚，接到靜的來電，她正在近郊的咖啡廳，拜託我能不能去接她。聽著她不對勁的聲音，即使下著大雨我還是出門了。開著車子到了約定的地點，看到她在已經熄燈的店門口淋著雨。

「你怎麼會一個人在這，還沒帶傘？」我一面攬著她上車，一面問。

「我跟K吵架，我生氣下車，他，就真的開車走了。」靜面無表情地回答。

這回我倒是說不出話了，誰都知道，這裡是已經人煙稀少的郊區，夜深了又下雨，竟然還狠得下心把車開走，雖然說靜有時候會鬧鬧脾氣，但也不至於真的讓人把她丟在這種地方。

我輕輕地用毛巾幫靜擦乾她娃娃般的棕色鬈髮，再招呼她回家休息。一路上我們都沒說什麼，也許，大家的心裡都明白這是什麼情況，只是沒人願意說出來。

幾個星期後，男友試著打圓場般地又約了一次爵士團的練團聚會，K倒是新奇地說有時間可以來玩一玩，然而那一天，卻讓一切都崩塌了。

靜和K兩個人為了一個調裡面的樂器音準，爭論不休。連我們都不敢作聲。我們也不太清楚他兩人私底下到底和好了沒，直到靜不知道說了什麼，K忽然大吼出來：

「你少拿你爸來壓我，我當團長已經多久了，連這屁事我會聽不出來？」

靜似乎想要緩和拉著他的手道：「我不是這個意思。」

Ｋ一把揮開靜，要不是我即時拉住，她幾乎要跌在地上。

「像你這種天之驕女，你懂什麼，少在那邊跟我說難道只有我覺得怎樣怎樣，對！我告訴你！從頭到尾，就是只有你在覺得，現在我不想忍了，可以了吧。」

他們後來吵什麼我已記不清，只記得Ｋ離去時，對著我說：

「跟你們玩音樂，連讓我感動的一刻都沒有，不！是連一秒都沒有。」

男友追了出去，我卻愣在了原地。

原來這一切對靜來說真的是一場鏡花水月，對我來說，何嘗不是呢？

我們這些人做的音樂，終究入不了音樂才子的法眼。

而靜美麗善良純真的愛情，終究無法支撐現實殘酷的摧折。

然而他們倆似乎沒有馬上分手，據說，靜拚命去挽回他，分分合合了一陣子，終究還是一通無情的電話告知他已經有別的女朋友後，宣告分手。我幾乎沒再看過Ｋ。畢竟他對著我們說出那些話，也實在無法當沒事地來往。但我倒是聽了不少傳聞，據說他挺愛壓榨新進的團員，給他們下馬威，堪稱魔鬼團長。而他最為業界熟知的新口頭禪是：「你知道我是哪畢業的嗎？」他確實闖出了名號，不過，似乎也變成了他當初最痛恨類型的人了。

「他為什麼會變成這樣，他以前老是批評我爸迂腐，他現在這樣比我爸還誇張，有什麼資格看不起我們家……想到以前還對你那麼過分……嗚嗚嗚嗚……難道從頭到尾，都只有我一個人會覺得心痛嗎……」難道只有我覺得這句話則算得上是靜的口頭禪，多數時候也許是源自於她不自覺的高傲。但此刻說起來，我只感覺到她獨自被遺留在過往宇宙的孤寂感。

看著在我面前聲淚俱下的靜，一時間也五味雜陳。

她失去了一位愛人，我失去一位朋友，也失去一些青春。

在這條路上，也許我們每個人都或多或少為了達成什麼而放棄什麼，單純天真衣食無缺的靜也許以後有一天會懂，她也會為了得到什麼選擇變成另一個樣子。我們看似有所選擇，會不會其實無從選擇。又或者，我們真的都選對了嗎？

那天半夜回到家，看到剛走到客廳倒出一杯紅酒準備繼續練習的男友，苦澀的心情逐漸撫平。當一段感情，很多事都只有一個人在感覺時，或者，兩人的思考完全無法同步時，大概就邁向結束的道路了。不過當我瞥見桌上紅澄澄的酒杯，就知道，看來，今晚不只我一個人覺得，就算明天要彩排，還是得好好微醺一場了。

我不知道Ｋ到底達成他的理想沒，也不知道未來靜會不會重新獲得幸福，但我決定，所有惱人的事，都拋諸腦後，珍惜當下吧。

〈難道只有我覺得〉

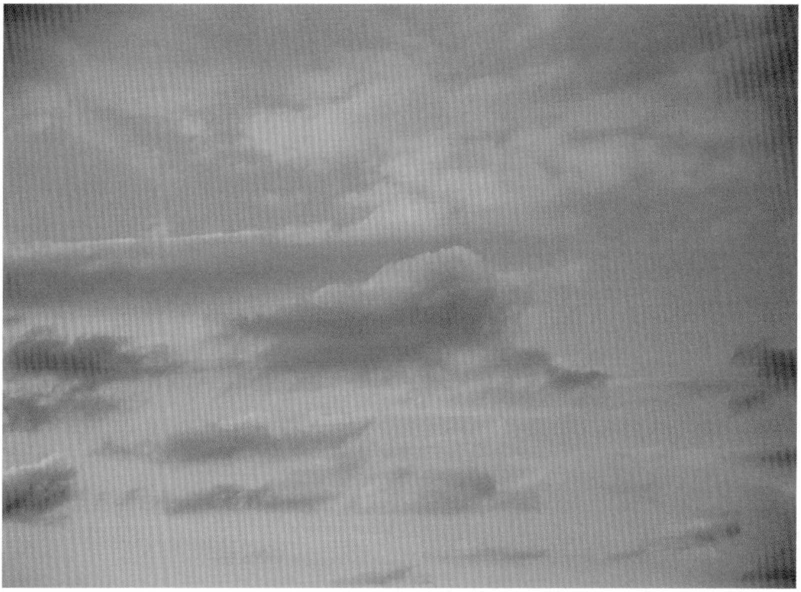

如果我有勇氣失去你

曾幾何時，
她已經不能坦率對他說出自己的心意了，
她害怕，
一旦讓對方知道自己也是如此需要他的話，
就被看穿了，就輸了……

「你想不想，跟我在一起看看？」

女孩永遠都記得那天，他對自己說出的字句。

在此之前，她從未想過，原來他們的距離會如此靠近。

畢竟對她來說，男孩就是如此遙遠美好的存在。

第一次見到男孩，是在她八年級時，從小擁有一副空靈嗓音的女孩，被同學拱著去參加了歌唱大賽。摸不著頭腦誤打誤撞得了冠軍後，她懵懂地從身為評審的男孩手中接下了冠軍獎牌。被簇擁著與他拍了合照後，看著男孩帶著他的龐克樂團進行賽後演出。當時的他，已經是知名獨立龐克樂團的主唱了。站在台上邊彈著吉他邊用嘶吼嗓音唱出的音符，像是魔咒，緊緊地束縛著她。她無法自拔地掉入男孩的音樂世界。

再次見到他，在大二的盛夏。女孩組了個玩票性質的輕音樂流行樂團，不知道走了什麼運獲得了在知名Live House演出的機會，共演的樂團名稱躍入眼簾，張揚誇張的字體，她再熟悉不過，這些年大大小小的考試，都是聽著這樂團的歌一路走過來的，那是男孩的樂團。不同於幾年前的初出茅廬，現在的他們，在獨立音樂界已經是教主一般的存在了。

相較於其他團員的興奮，女孩感到前所未有的複雜情緒與壓力。她的心怦怦跳著，這輩子大概從來沒有如此緊張過。

艱難地演唱完有史以來壓力最大的演出，眼睛也不時瞟著四周，並沒有看到任何疑似男孩他們樂團的人物，她放鬆下來，也對，人家是知名樂團，怎麼會提早到場看前面一個樂團演出呢。

女孩和團員們按照慣例，留下來看壓軸樂團的演出。女孩在人群中看著男孩，跟七年前不同，他更加成熟和狂狷，懾人心魄的歌聲和眼神掃過人群，身旁的樂迷們似乎也為之瘋狂。她隱沒在群眾裡，在心中回想著七年前自他手中接過獎牌的畫面，她自嘲地笑了笑，那又如何，終究是不同世界的人。

演出結束後，大家各自散了。女孩在等著團長結算今日的演出收益，於是靠在Live House外河堤的欄杆上望著流淌的河水發呆。

真是魔幻奇妙的一夜啊，她想著。

就連有個身影靠近，同樣靠在欄杆上了也沒發覺。

「你唱歌好好聽噢。」一個慵懶的嗓音自身畔響起。

淡藍色的月光映照在那個人的臉上，就像牆上掛著的浪漫派畫風一樣的好看。

男孩此刻像個在街邊會偶爾遇到的帥氣大學生一樣的人畜無害，一派雲淡風輕地說著話，好像他們本來就認識一般。

原來，他竟有聽到自己的演出嗎？

如果事後去回想，女孩應該要緊張得無地自容，可偏偏她也平靜得像無波的水灣，就這樣望著他。

Hi，好久不見了。女孩在心底說著話。

這一切就是這麼開始的。

知道他們交換電話之後，團員們就開始起鬨。

「哇~你自己小心點吧，他很花又很亂诶。」在獨立音樂圈走跳了幾年的團長煞有其事地說道。

女孩在心裡冒著冷汗，她知道，她怎麼會不知道。這些年總聽他的音樂，雖然不曾再去看過他的演唱會，但他的事蹟當然是時有耳聞的。

不過和男孩出去過幾次後，女孩覺得她不在意了。她覺得自己有把握不會成為那種被睡一夜就慘被拋棄的……不，應該說，她不會讓那種事發生，只要發現對方有那種意圖，她會馬上走人！

除此之外，跟他做做朋友，那是令人心神嚮往的。

他們一起去看了幾場電影，一起在秒數快結束的斑馬線上牽著手奔跑，吃了幾間還不錯的餐酒館，還去美術館看過畫展。漸漸地，她覺得男孩和想像中不太一樣，她沒有感受到傳聞中他很喜歡到處物色對象又很花心的危險感，他挺自然愜意的，沒有什麼名氣包袱，帶著點慵懶隨意的率性，相處起來似乎滿像學校的同學那樣簡單。即便如此，女孩還是有意識地盡可能保持可愛，雖然還算偶爾能流露真性情，但是大部分時間，她總是想在男孩面前呈現美好的樣子，就算只是把對方當普通朋友。

那天他們玩到凌晨十二點多，吃完了永和豆漿當宵夜，走在老舊卻很乾淨的巷子裡，忘了為什麼事笑得很開心，女孩在男孩前面五步併作三步地蹦著。

「我喜歡你誒，你喜歡我嗎？」忽然間，男孩在背後說著話。

女孩停下腳步，回過頭來。男孩的臉上帶著一絲青澀的憂鬱。

一瞬間她幾乎已經相信他那雙深沉的眼睛，以為在這樣的夜裡，兩個喜歡音樂、喜歡藝術的青年男女正在相愛。「哇～你自己小心點吧，他很花又很亂談。」團長的聲音清晰迴盪在耳邊，她還來不及做出回應，男孩又開口了：

「你想不想，跟我在一起看看？」

說是世界靜止了，一點也不誇張。那天月亮不圓，卻很亮，照著柏油路面閃閃發光，女孩想起曾經，他捧著一個獎盃送到她面前，現在，他彷彿又拿了一顆水晶在她面前引誘。可是誰都知道，那可能藏著鋒利的斷面，一不小心，就會被割得滿身傷痕。

可惜，人生就是如此。明明有一堵牆就在眼前，再走不久就要撞上去了，但有時候，你就是想撞牆看看。

雖然沒有當下馬上答應，但兩個星期以後，女孩還是以女朋友的身分出現在男孩和哥們團員的宵夜聚會上。女孩還滿意外的，她以為她會像身邊無數好友告誡般的，成為地下女友的其中一人，又或者是像團長嚴肅警告的，一定會被淒慘地玩弄以後拋棄，不過這些事暫時沒有發生。她被正式地介紹給男孩的朋友們，大家也很熟稔地馬上接納了她。男孩的朋友們也都帶著女朋友，她開始思索著那些傳聞，說這個團每個人都超花，男女關係都超亂，她抱持著半探究的心情，決定且走且看。

反正，一有不對勁我就馬上走人。她一直是這樣告誡自己的。

大概是因為抱持著這種心態，她始終不曾對男孩有所依賴，她依舊過著自己的生活，去學校上課，練自己的團，跟團員混在一起晚餐，宵夜，或是跟大學的同學們一起寫報告，參加活動。朋友們有點疑惑地問她：「你不是說有交一個男友嗎？」她在心裡苦笑，她當時不免一開心就告訴朋友這件事，不過，哪能太當真啊，不然到時候自己怎麼死的都不知道。

但是另一方面，男孩卻像陷入熱戀般。他會在演出後突然開車到女孩家樓下，花大把的時間等女孩下樓，如果工作提早結束，他會開車到女孩的學校接她下課，女孩與同學約好了去聚會，他竟然也熱情地參與，還說也想認識女孩的朋友們。當他出現在韓式燒肉店的時候，大家都驚奇地看著這位獨立音樂圈的名人。七嘴八舌的喧鬧談笑聲中，女孩的心一點一滴地動搖著，畢竟她愛著他的音樂多少年了，阻止自己不要淪陷的門扉，就像紙做的屏風一樣不堪一擊。

啪的一聲。女孩也掉落進去了。只要有空，他們幾乎天天膩在一起。她和男孩的團員們也常混在一塊兒。大家也都有自己的女友問題，誰誰誰又吵架了，誰又跟女朋友冷戰，傳聞中的他們，又花又亂，這些都沒有發生，大家的女朋友都很固定，包括她自己。掐指一算時間就那麼一點，他真的都在自己身邊，也絲毫沒有聞到二號三號四號女朋友的感覺，溫柔的日子竟然就這樣過了一年。

可是女孩絲毫不敢放鬆。尤其她感覺到自己真正開始在乎男孩的時候。身邊朋友的勸告言猶在耳，她憑什麼就是那獨一無二的人呢。

樂團圈好姐妹們也開始熱心給出意見。

「一定是因為你之前都很少理他，所以他認真了。」

「他們那種男人就是那樣，越得不到就越愛。」

「你還是要保持像以前那樣，不要天天跟他出去。」

「如果你讓他鬆懈，肯定會開始作怪的。」

她仔細地回想一下，好像是這樣沒錯，剛開始的時候，她都認真安排自己的生活，也沒有總和他在一起，甚至常常沒空跟他出去約會，因為當初她根本不相信這段戀情，只是抱持姑且看看的心情。回想那時，男孩曾經若有似無地抱怨過：「你好難捉摸喔，到底在想什麼呢？」

「現在怎麼會認真了呢？」她拍了一下自己的腦門。

當男孩邀約明晚跟他的團員一起烤肉的電話響起，女孩一瞥擺在旁邊的行事曆，發現他們已經每天都在一起約會整整兩個星期多了，她開始害怕。好姐妹們的告誡不斷在腦海生根。

「我明天有事呢。」她艱難地說出口。

「蛤?!你要做什麼？」男孩的語氣聽得出不情願。

不過最後到底也沒有為難女孩，就這樣失望地掛掉了電話。

突然一滴淚滾落了下來，什麼時候，拒絕他變得這樣困難了，明明不久之前都還很正常的啊，我也總是拒絕他說要跟同學出去啊……

女孩莫名其妙哭了起來，明明她隔天什麼事也沒有，可是再這樣下去每天都理所當然地在一起，他有一天一定會厭煩的。這一刻，她才明白自己怎麼樣也不想失去這一切。

女孩的好姐妹們買了幾本類似於愛情教戰守則的書給她，於是她開始了接近作戰的交往模式。男孩的生活不像一般上班族作息固定，忙起來的時候，常好幾個星期都無法見面，但閒下來的時候，常常一兩個月都沒什麼事。於是男孩閒下來時，她努力遵循書中所說，一個星期盡量不跟他出去超過四天，雖然越來越痛苦，她還是盡力地做到。她為自己安排節目，跟同學去看電影，跟小學同學吃飯聚會，男孩常常摸不著頭腦，覺得自己難得閒下來，為什麼她不花所有時間陪伴他呢?而男孩忙起來總是一天也沒個電話，即使她已經守著電話一整天，當他終於來電，她也不能馬上接起來，要一兩個小時後才慢條斯理地打回去，果然能夠換得男孩焦急的關心：「你到底跑哪去了?都找不到你。」女孩也從不開口問他這一天又都做了什麼，總要等他自己開口說。

這一切似乎相當奏效，她總能從這些痛苦的克制裡，換得男孩對她的需要感。又這麼過了一年，女孩奉行戀愛書中的守則，也越來越到走火入魔的地步。即便他們吵架了，她氣得想大吼大叫，也按照書中所說，要不動聲色，因為男人討厭喋喋不休的女人。就像前天晚上，男孩因為工作很不順心，稍微大聲了幾句，女孩立刻站起身來二話不說離席回家，男孩果然嚇到了，立刻奪門而出把女孩追回來，好聲好氣地道歉。女孩覺得書裡的辦法果然相當有用，即便以她的個性，寧願當下頂回去吵一架也就算了。不過現在這樣也滿好的，就算自己已經憋得快內傷了也還算值得。

女孩正在整理書架上的書，一面告訴來她的租屋處做Demo的吉他手這件事，在她的樂團裡，她跟吉他手算是最聊得來了，對方雖然是男生，大概是因為他們最常一起做音樂討論Demo，自然而然就更習慣溝通內心的想法了。

「你這樣哪算在跟人交往啊？哪對情侶不吵架?!」吉他手滿不在乎地說著。

「我們也會吵架啊，我會冷靜跟他說。」女孩試圖反駁。

「那樣也算？你平常跟我作曲意見不合的時候，那還勉強算回事吧。幹嘛非要擺出一副高冷女神的樣子，你平常這樣不也滿好的嗎？」吉他手看著女孩書架上的書，若有所思地說道。

「哎呀～你不懂啦。他又不是普通人。」女孩覺得怎麼跟他說他也不會懂。

「哪有什麼不同，既然是男朋友，有什麼普不普通人？」吉他手忽然靠了過來。

正經問到：

「你有跟他一起洗過澡嗎？」

女孩臉一下就通紅了，「哪可能啊，我連在他面前都很少素顏。」

「你這樣根本不叫談戀愛好嗎?!等你們可以一起洗澡了，然後洗澡時還可以偷尿尿在對方身上，再來跟我說你們有在交往。」吉他手站起身來一面向門口走去，這女人，怎麼跟她都說不通。他準備打道回府了。

「難不成你敢尿尿在你女朋友身上?!」女孩朝著他背影笑著大聲喊道。

「那當然~」吉他手背對她比了個中指揚長而去，砰一聲關上了鐵門。

最好是~女孩吐了吐舌頭，卻落入沉默之中，別人，都是怎麼交往的呢。

然而這兩年累積下來的模式和習慣，讓女孩越來越患得患失。別說慢慢對男孩展露真性情了，她反而要把自己包裝訓練得更好才對。

他們在一起的第三年，男孩的樂團被經紀公司相中，終於進入國際唱片公司成為簽約歌手了。她得知這消息時，也很為男孩開心，可是心裡卻默默害怕著，害怕他會離自己越來越遠。

看來，我要讓自己抽離一點了。女孩不斷告誡自己，到時候他認識了別的女生，分手了也是理所當然。現在趕快淡掉，真的到那一天也不會太痛苦。

男孩因為工作不能常常聯絡女孩的時間越來越多，已經好幾天沒見面，這一天又是從昨晚到早上都沒一通電話，翻看他們的官方ＩＧ，似乎他們真的在工作，但她還是覺得心裡有氣，於是乾脆就約了位樂團圈的朋友去爬山。爬到一半似乎收到了男孩的未接來電，但是山區收訊不好，她也就索性不回電了，就按照書中的方法，她的時間可不是都為了他等在那兒的，即使整個出遊過程她都魂不守舍，她仍舊咬了牙，決定回到家才回電。

她回到家已是傍晚五點，她故意慢慢地去洗了澡，才回電給男孩。

「你去哪了？」男孩的聲音有一點冷。

「喔？我跟朋友去爬山啦。」女孩故意若無其事地回答。

「你怎麼不告訴我一下，我找你一下午了。」男孩的聲音更冷了。

女孩沒說話，她在心裡反駁著：你昨天到今天早上也一通電話都沒給我，憑什麼質問我。不過她才不會說出口，說了好像她有多在意似的。

男孩等了一會兒，聽女孩沒說話，嘆了一口氣繼續說道：

「對不起，昨天在錄音室到清晨，手機沒電又沒帶充電線，後來我們不小心在錄音室睡著了，中午到家想陪你吃個飯，但找不到你，我現在要下中部了，有幾個巡演，還要接著到南部拍ＭＶ，可能兩個星期後才能回來。」

「嗯，工作加油喔！」女孩故作鎮定，開朗地說道。書本上說，男人最討厭哭哭啼啼死纏爛打的女生了。

男孩又嘆了一口氣，掛上了電話。

女孩呆坐在桌旁，她想著，下次見面就是兩星期後了，是不是，她今天不應該出去的，不然好歹還能碰個面。

忽然手機傳來簡訊。

「我很想你。」是男孩傳來的訊息。

女孩的眼淚一下就流出來了，果然她今天不應該出去的。

她懊悔地哭著，不過這樣也好，起碼她知道了男孩很在乎自己，不是嗎？

她勉強安慰自己。她看著簡訊那四個字，像是護身符一般的握在胸前。

曾幾何時，她已經不能坦率對他說出自己的心意了，她害怕，一旦讓對方知道自己也是如此需要他的話，就被看穿了，就輸了，尤其是像男孩這樣一個遙遠美好又耀眼的人，她不想像其他女生一樣，只能眼巴巴等著對方施捨。正是因為她如此，男孩才會在意她不是嗎？知道了男孩喜歡她、在乎她，不是很好嗎？為什麼還是如此痛苦呢。

這一晚，她抱著手機，哭著睡著了。

男朋友不在的這些日子，女孩時常和吉他手一起出去打發時間。這天他們逛完樂器行，在路上閒散地走著。

「其實，你大可不必如此。」吉他手說。

「你們都在一起三年了，到處都有風聲說，他為了你這個名不見經傳的小妹浪子回頭了，你也該滿意，該安心了吧。」吉他手說完大大吸了一口菸，然後朝著女孩的臉吹過去。

「我也想啊。」女孩瞪了他一眼繼續說：「問題是那只會步上他以前那些女朋友們的後塵而已。」

「你又怎麼知道你會和她們一樣？」

「蛤？」

「那些人唱歌也沒你好聽，長得又沒你可愛，你會寫歌又有個性，他怎麼就不能真心喜歡你了。」

「原來你覺得我長得可愛啊?!」女孩被他逗笑了，這陣子她幾乎都沒好好笑過。

「你少在這跟我要俏皮，有種跟他要去。」吉他手推了她的頭一下。

然而這短暫的輕鬆，似乎也沒辦法扭轉女孩的偏執。她與男孩越來越聚少離多，即便男孩只要一有空就是陪著女孩，她似乎還是無法安心下來。

男孩有了兩天假期，帶女孩去了兩天一夜的旅程。現在的男孩，走在路上已經時常會被歌迷認出來了，他倒是不避諱，仍舊會牽著女孩的手，看夕陽的時候，他依舊從身後環著女孩。他明顯感覺到這一兩年，女孩的話變少了，他記得他們剛認識的時候，女孩總是嘰嘰喳喳說著自己喜歡哪個獨立歌手，還有學校朋友或樂團的事，他很喜歡看她說話的樣子，雖然他在台上演出總是很張狂，但其實他的性格是很淡的，所以女孩唱歌的時候充滿靈性的神韻還有說話時那股充滿生命力的感覺，總是深深吸引著他，即便她現在的話越來越少了。不知道什麼時候就變了。不過人總是會變的，自己本來就比較疏懶，也不想去管這些，只要她還在身旁，其他事也沒什麼所謂。

「你怎麼了。」他察覺到女孩有些微微發抖。

「沒事。有點冷。」

女孩怎麼樣也不會告訴他，她希望他不要離開，永遠只像現在這樣，她不會告訴他，她只是一個很普通的女生，也想要男友時時陪著，也想跟男友任性、撒嬌、發脾氣，只是不知道從什麼時候開始，她做不到了。

其實，從一開始，她就從來沒有這樣子過。

她真的很想知道，如果她也是那樣，他還會喜歡她嗎？

不知不覺間，女孩也畢業了，在團長的介紹下，女孩開始在錄音室工作，偶爾也幫許多歌手唱唱和聲，儘管也是音樂相關工作，但每每看到鬧區電視牆上，男孩賣力演唱的ＭＶ畫面，女孩的心仍舊沉了下來，即使褪下了歌手光環，在她身邊看似從未改變過的他，仍舊變得非常遙遠。

平常的日子持續著，可是女孩卻嚴重失衡。在男孩面前她總是努力地裝作一切如常，可是兩人分開後，她整夜整夜地失眠，意志消沉，不論看醫生、吃飯、買東西也總是默默完成，不再尋找朋友陪伴。這一切吉他手都看在眼裡，直到有一天連練團女孩都缺席，他終於感到事態不對，打了電話給女孩。

「喂？」女孩的聲音聽起來明顯虛弱。

「你怎麼回事啊？」

「我……我不知道」，女孩有氣無力，「你可以過來一下嗎？」

吉他手二話不說騎車到了女孩的公寓，發現她門也沒鎖，正虛弱躺在床上。

「我……好像發燒有點嚴重，你能帶我去醫院嗎？」女孩問。

「這種時候，你應該要打電話給你男朋友，他不是這幾天回來了嗎？幹嘛要叫我帶你去醫院。」

「不要啦，我已經兩天沒洗頭，又沒化妝……」

吉他手睜大了眼，把女孩從床上拉起來。

「你是不是有病啊，正常人會在意這些嗎？」

女孩的眼淚流下來，她知道這幾乎已成為她的魔障，跟誰都好，她都可以輕鬆做自己，唯獨在男孩面前，她已經失去了成為自己的能力。也許這一切像是一種謊言，一旦開始，就只能不斷演下去，到最後無法自拔。

女孩大病了一場，住院五天，對男孩，這期間她用工作很忙搪塞了過去，因為她不想被男孩看到她沒化妝的病容。然而男孩這天趁著工作提早結束，到女孩工作的錄音室想等她下班，卻得到她這幾天沒來上班的答案。

那一晚很冷，男孩獨自在錄音室門口抽完了一支很長的菸，把霧都吐向空中，跟寒氣交織而成的氣息蔓延了半面天空，許久，他才默默離去。

大病初癒的女孩，正在山上的小店與吉他手喝著咖啡，他特地帶女孩出去散心。這個傢伙，都幾歲了，談個戀愛也需要人擔心。

「你跟他分手吧，在你還沒有壞掉以前。」吉他手若無其事地喝下一口奶泡。

分手……

女孩的思緒飄向遠方。

太害怕失去，讓她忘記了正視自己的樣貌。

明明，她也是個很需要人陪的女生，卻一直在假裝獨立。

明明，她總是在守候著電話，卻要假裝毫不在意。

明明，她也想抱怨，偶爾想吵架生氣，卻一次都不曾表達真正的心情。

相較之下，男孩反而總是很坦率：「為什麼老是找不到你呢？」他很常說這句話。

這一切顯得有點可笑，這句話，本來應該是由她來說才對，現在，她贏了。

可是，為什麼卻再也無法快樂呢。

壞掉嗎……？可能，我已經壞掉了吧。

「我們分手吧。」交往五年的紀念日前夕，在家門口，女孩說出了這句她原本一輩子都不想從他那裡聽見的話，現在從自己的嘴裡說出來了。

她原本以為男孩會有點驚訝，想不到，他卻異常地冷靜。

男孩嘆了一口氣，自嘲地笑了一下。

「我知道這天遲早會來的。」
聽見他的話，女孩的眼淚不受控地滾落，她心想，男孩大概覺得她很奇怪吧，畢竟想要分手的是自己啊。不過，為什麼男孩會這麼說呢？
「從以前到現在，我交過超多女朋友的，我很怕女生咄咄逼人，所以確實滿常跟人家分手。」
女孩流著淚沉默以對，男孩繼續說著。
「不過我也滿常被甩的，因為我職業很不穩定，而且也給不了什麼承諾，但基本上我都還可以知道她們在想什麼。可是卻沒有一個像你一樣，我常常都不知道你到底想要什麼，你到底是什麼樣子，我覺得你有很多心事，卻從來不跟我說。」男孩說完，蒼白的臉上又是一個黯淡的笑容，這大概是他們交往這麼久以來，最接近真正談心的一次，可是一切，卻要結束了。
「我以為總有一天你會願意說的，不過看來，我不是那個人了。」

女孩幾近吃驚地望著他，她從來沒想過男孩的心裡是這麼想的。

男孩忽然走上前來，緊緊地抱住她，在她耳邊說著：

「我真的很愛你，也許你並不愛我吧，不過，都沒關係了。」

女孩哭得更兇了，她知道，男孩愛著的是她努力要呈現給他的樣子，那樣的完美、獨立、若即若離，可是那從來不是真正的她。如果，她也像別人一樣，總想要黏著他，如果她也像其他人一樣在吵架時會對他大發脾氣，如果她也會想追根究底他的行蹤，那他還會愛她嗎？她不敢問。而她自己是否又真正懂得男孩，或愛過他呢？

男孩又抱了她一會兒，才漸漸鬆手。他摸摸她的頭說：「再見，保重。」然後，頭也不回地走了，就像他曾寫過的那些歌一樣瀟灑。

三年後的初春，清晨，女孩自帳篷中走出，將帳篷布幕整理好，看見天空灑下的陽光，然後大口吸著山裡涼爽潔淨的空氣。她最近愛上戶外運動，也開始喜歡露營，這次是她第一次體驗自己一個人露營。

現在的她，開始真心地喜歡一個人達成什麼，而不再覺得痛苦和寂寞了。她還是有很多朋友。不過偶爾，她喜歡擁有一個人的空間。

曾經，她覺得所謂的獨立是痛苦可怕的，是不得已為之的一個手段。可是現在，她似乎漸漸能真正享受一個人的時光。

當懂得自己，知道什麼時候需要陪伴，什麼時候需要獨處；明白自己真正的喜怒哀樂，不再委屈、勉強，而是真正地理解別人，也勇於面對自我，才真正能擁有一份完整、能愛人的心。

吃完一份簡單的早餐，她要準備收帳了，傍晚還要回到市區跟大家練團呢。

她從皮夾中拿出一張合照，那是多年前她參加唱歌比賽得到冠軍時和男孩的合照。比起交往五年來的合照，她始終更喜歡這一張，那時的她只是個什麼都不懂只愛唱歌的女孩，沒有任何包袱，自由自在的。和男孩在一起的時候，她始終不敢拿出這張照片，因為覺得小時候又黑又醜，不敢讓男孩看到這個樣子的她，不知道會不會有天，她可以拿出這張照片給他看，告訴他，其實他們早就認識了呢。

打開手機裡播出音樂，那是男孩的最新專輯，她終於又可以好好地聽他的音樂了，就像學生時代那樣。沒有壓力地喜愛欣賞一個人，雖然她不知道他們還會不會有相遇的那一天。

曾經她擁有很多，又失去了很多，現在她已不害怕，也沒有什麼可失去的了。

有人說：

「失去，是曾經擁有的證明。」

也有人說：

「害怕失去，那就永遠都不要擁有。」

這是一個宇宙千古謎題，她還不知道怎麼解答。

但是她現在知道，害怕失去而扭曲自己，卻失去了真正勇敢去愛的自信和勇氣。

現在她不怕了，她會帶著這個並不完美的自己，繼續往前，總有一天，她會勇敢地去愛，不論結果如何。

〈如果我有勇氣失去你〉

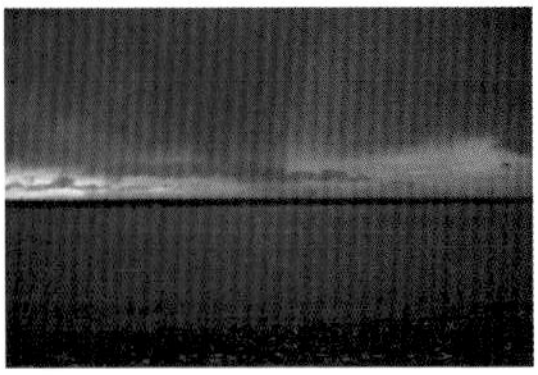

光的日記

——63篇詩

就算只有一瞬間也好，
請想起來，那個曾經閃閃發光的你。

最好的溫柔

不知道該怎麼做才能不傷心一點
也許什麼都不做就是最好的溫柔
讓心慢慢地傷著
去感受去痛苦
你會知道這也是人生的一部分
每個人皆是如此
既逃不了
就誠實地面對吧

岔路

有一種旅程
看似偏離原本的目的
但從中你看見了岔路的風景
思考了不同的意義
遇見了不一樣的人

最後雖然不是原先的預期
美麗的誤會也是成長的養分

你也不是一無所獲的

寬廣的心

心情不好時
可以去爬一座山
跑幾圈河濱公園
認真地流過汗之後
會發現自己所在意的都是好小的事
原來自己的心其實可以好寬廣
可以容納很多
包括愛一個人的勇氣

愛的反面

對一個人失望
並不是為他流下了淚
或感到痛苦
而是連一個字都不想要跟他多說
就算被他誤會也不再想解釋
因為這時候才發現
與其浪費時間跟他溝通
生命中還有更多美好
值得去發掘
原來愛的反面
真的不是恨或心碎
而是徹底　沒有感覺

洗滌

曾經旅行是種抒壓
天大的壓力和難題
似乎只要去哪裡走走
都能迎刃而解
我們也許都不曾想過
這些理所當然
有一天會變成這樣奢侈和遙不可及
沒有了外在風光的加冕
我們遲早也該由內洗滌自己
不能出門的時候

就往內心走吧
就算什麼都不做也好
跟自己待在一起

原來這樣的日子已經好久不見
屬於自己的我
也好久不見

笑著忘記

好久沒聽的歌
早已忘了生命中有這首歌
無意間再聽到時
每一字每一句
每個轉折每個鼓聲
全都記得清清楚楚
一無錯漏
人生就是如此
沒有任何事可以笑著忘記

你再想丟開再想躲藏再想遺忘
它仍然存在你心裡某個角落
直到某一天再度想起
它會原原本本地訴說

你　還是那個你

開始

「可是該怎麼開始微笑」
其實沒有什麼訣竅
就在某一刻
試著把嘴角往上揚
笑起來就對了
就如同很多事一樣
我該怎麼開始跑步（換上跑鞋下樓）
我該怎麼開始攝影（手機開啟相機模式）
我該怎麼開始早起（鬧鐘提早一小時）
我該怎麼開始減肥（每餐少吃一點）

下定決心開始
你的身體　你的心
會為你找到方向
真的很想做這件事的話
那就會很自然發生呢

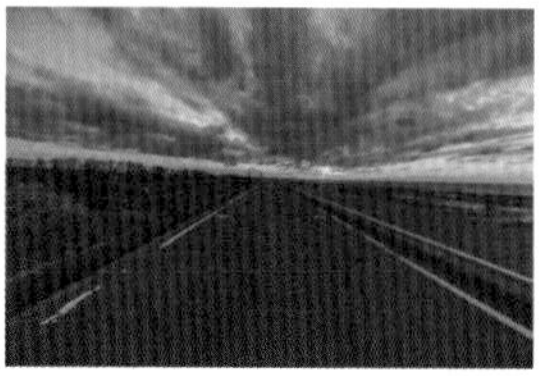

成為自己的未來

事情過去了一陣子
我們會忘了當時的悲傷
於是回到舊有的習慣
甚至還想找回原本該遠離的

別走回頭路
沒有他們的你過得更好

我們必須成為自己的未來
才能真正往前

陰影

人的一生有很多陰影
也許是痛失親人
是曾經受傷病苦
是與愛人錯身

但到最後你會知道
那終究只是個陰影
而不是你

你遠比所想的更勇敢強大

山峰與低谷

面對生命中的挫折
也許我們都曾想逃跑
唯有正視它　正面迎擊
了解　山峰和低谷　都是人生旅途中的面相
懷著自在的心　悠遊每一段落
不論正在流著眼淚　還是開心大笑
都值得被紀念和記錄

認識自己

認識自己不容易
卻也可以很簡單
也許就從
勇敢地吃跟大家意見不同的晚餐
穿自己真心喜歡顏色的衣服
買了一本大家都沒興趣的書
不想出門時就說想待在家
從這一點的一點
逐漸開始吧

掏空

總是習慣不斷付出
把心都掏空了
最後只能在別人身上看見自己的倒影
但是那個你
還是真的自己嗎

只有一刻也好
學著不望向旁人
把心填滿
不為了要讓誰看到
只為了那個真實的自己

久遠美好的自己

曾經　我們是那個
極具個性　有稜有角
外在強悍　內心驕傲的存在

直到
被各式各樣的　落差　擊潰了內心價值
被各式各樣的　失去　折磨得遍體鱗傷

於是
開始順從　開始隨波逐流
學習平凡　甘於沉默

折下頭上的犄角　褪下斑斕的羽毛
只為符合這世界的規範　和他人的期許

但

為什麼我們過得並不開心
明明這樣才是最簡單又舒服的？

明明也有不少朋友
但在喧譁後的瞬間仍舊落寞
雖然也完成了許多目標
但在沉靜時仍不斷試探自己的初衷
也許有過眾星拱月的歡騰
下一秒卻被人遺忘在遙遠的邊界

在這兜兜轉轉的輪迴裡
不斷懷疑　追尋……直到

童年的玩偶　幼時崇拜的偶像　青年痴迷的樂團
重燃了與當時一樣的熱情

原來
我們本是什麼樣子　是不會改變的
再怎麼丟棄　也只是沉睡在內心某個角落罷了

然而過去的傷痕　不會因為時間而淡化
逝去的青春和摯愛　不會因為緬懷而歸來
但我們找到了在世界重生的方法

也許我們的外表
不再是硬冷輕狂的殺傷之力
不再叛逆瘋狂令人難以靠近

我們長成了
溫柔　恬靜　而內心強悍

看似
柔順的笑容光澤下　有著不同平凡的選擇
簡單的生活方式背後 有著深思之後的決定
溫柔的深層裡　有著不被撼動的堅持
內斂沉靜的美好波光
包裹著更茁壯堅決的勇氣

內心的驕傲　不會因外表的內斂而殞落
心中的夢想　不會因身畔的喧鬧而沉默

我們　都是這樣一路走來的對嗎？

那個久遠美好的自己
沉睡在宇宙的邊緣

而我們

終將把他找到

現在的我們

那安靜的山脈
任我們爬著
它還記得當時
我們對著最高的樹許下了什麼願望

然而
現在的我們
還記得嗎

長大

比起和你一起墜入黑暗
現在我更想　帶你一起迎向陽光
原來愛也是會長大的

正因為我們已經在那黑暗中痛過
懂得了渴望光明的無助
因此我不願你在泥濘中掙扎

所幸
我們都長大了

眼淚之於永恆

曾經以為永恆已不屬於我們
可是每每想起你
我還是流下眼淚
也許這也是一種永恆

所謂想念

與其說
忽然下起了大雨呢
不如說
大雨總會下得很突然

從來不是
為什麼會忽然想念呢
就是因為很忽然
那才叫想念

很好

冬天的陽光
就算只有幾分鐘也好
就像我們遇見
就算只有講幾句話
也很好

這城市

這城市　如此地小
要碰到你竟是如此不易

這城市　如此地大
卻走到哪裡
都是有你的風景

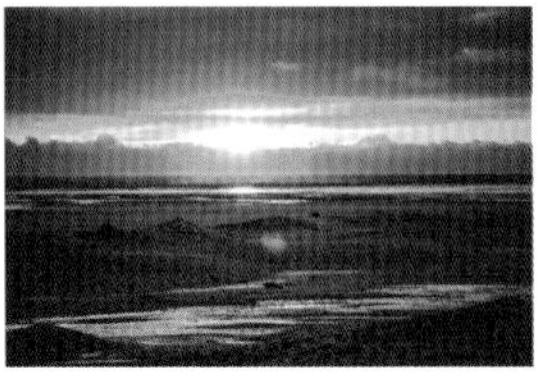

成為你的某一部分

原本以為
那些一定得忘掉的人
有一天能夠忘掉也就算了
沒想到你還是會發現
某一些喜好　某一些習慣
終究是因為他而養成
不管你討厭還是喜歡
他已經成為你的某一部分了

容許

「喜歡」和「容許」
是如此不同的兩件事
如此喜歡你
不代表就該容許你不斷踩踏底線
若認為這兩件事該被同等
再怎麼喜歡
有一天
終究還是會放手的

簡單

流乾了眼淚
撕心裂肺
抑鬱糾結無法呼吸
你覺得愛就該這樣徹底轟烈
但為什麼到最後
連自己都開始討厭自己
直到有天　有個人
也許只是一碗深夜泡麵
一個會心微笑

隨時都可以有的談心
讓你那麼自然
忽然擁有了自信
似乎重新愛上了自己

這時你才會明白
愛
從來都應該很簡單

練習忘記

忘記一個人也是需要練習的
每次一想起他
就去努力思考別的事情
久而久之
想起他的次數慢慢少了
終至不見
但如果什麼都不做
也只能任由他在腦海盤旋

猶豫

有一種猶豫是
看到你的年節問候想要回覆
又怕那只是罐頭簡訊
回了顯得自己很傻

無眠之夜

一個人
曾經是你治好失眠的藥引
只是多少年過去
他終究也成為
你失眠的原因

如果沒有辦法成為
為自己好好入睡的人
就無法遇見
那個也為自己熟睡
然後可以兩個人
一起簡簡單單睡著的人

也許每個人都曾經
整夜整夜地聽見鳥鳴才入眠
或是在晨光出門之際卻不知道要換上什麼面孔
去面對這個世界
不敢說這一切都會過去
只是現在明白了
從來不用盲目追求完美
在心受了傷坑坑疤疤的時候
光　才終於能從那不完美的裂縫
滲透進來並照亮整片黑暗

我們也才因此
看見了隱藏在最深處
真正的自己

善良

我們都知道善良是一種選擇
卻忘記了什麼時候要停止選擇善良

不斷地退讓　容忍
讓自己傷痕累累身心俱疲

然而我們還是有屬於自己的底線
該捍衛的也該勇敢挺身而出
畢竟「善良」只該留給
值得的人

對與錯

很多事並沒有對錯
因為每個人都有自己的角度和立場
所以討論對錯毫無意義

只有價值
只有你相信什麼
並且認真地去做
一切才開始有意義

演算法

一次不想為他點讚
兩次不想為他點讚
久而久之
演算法讓他消失在你的頁面
再回頭
他已淡出你的人生了

當無法全心為一個人喝采
假面的情誼
終究難以維繫

於是現在所能做最真誠的事
是不隨意亂加什麼人在你的清單
因為你的人生大概也只夠用於
真心愛護你想愛護的人吧

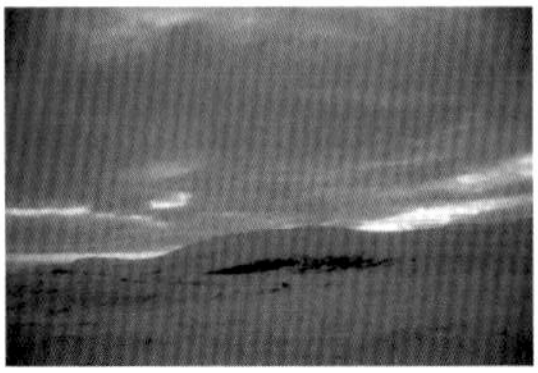

斬斷

遇到錯誤的人和事
總會對自己說
一定是上天要我學習什麼
所以不斷委曲求全改變自己
最後搞得遍體鱗傷一無所有
直到有天忽然發現
當遇到錯的人事物
上天要你學習的其實是……
不要猶豫馬上斬斷！
到底我們都學會了沒

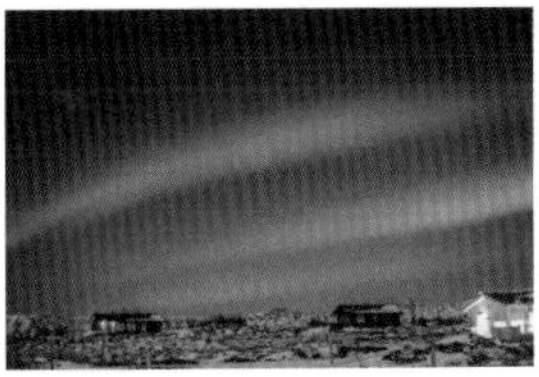

不想放棄

在自己喜歡的人事物上遇到很多挫折
很想放棄
該怎麼辦
如果真的很想放棄
那麼就……
放棄吧！
因為有一天你會遇見
那個人　那件事
再怎麼痛苦　再怎麼挫折
你仍舊
不想放棄！

結果

很多關係
我們總是想求個結果
但是
沒有結果
也是一種結果
原來明白了之後
才能真正往前

沒有什麼是永遠不變的

沒有什麼是永遠不變的
聽來傷感
不過
變得更好
也是一種改變啊
還是有很多
值得我們去努力的

遊樂

越想預先控制什麼
總是導致一切都失控
也許我們可以做好萬全的準備
但不要過度緊繃
記得偶爾要找回那顆
順其自然的「遊樂之心」
回到最原本的模樣
別讓生活的壓力
使我們和最熟悉的自己遠離

格格不入

他們說
為了長大
必須要捨棄些什麼
因為不想要捨棄
而忘記長大的我們
也許有點格格不入
其實只是選擇了不一樣的路
努力不後悔地往前邁進著呢

個性

常有人說「我就是這樣的個性」
那麼
每種個性都有自己的旅程
選擇接受你個性帶來的處境
或者轉換你的個性改變你的狀態

不能隨遇而安
又要怨天尤人
永遠都很難快樂

痛失

人總要砸碎幾個心愛的碗盤　杯子
才知道往後要怎麼拿取心愛的物件

也往往要痛失幾個心愛的人
才知道未來遇見所愛要怎麼珍視

最可怕的卻是
原本不覺得有多重要
卻在親手毀壞了那段關係後
再也遇不到一個那樣的人了

再站起來

努力過後
仍舊被挫折擊倒
忍不住會覺得
「唉……我終究是沒有那麼堅強」

那又如何呢
接受這樣的自己
挪出那一小時　那一晚　那一天
仔細地傷心一下

然後你會發現
原來你會好起來的
你原來比自己想像的更強大

不休息的話
一直都是彎著腰走
哪裡也去不了
躺下一陣
才有空間
再 站 起 來

想和你……

想和你一起經歷很多事
一起看星星升起
一起看花落塵泥
讓淚沾濕眼睛
再風乾結晶

想和你一起失去所有夢想

然後
也許會有一天
再和你一起擁有勇氣

自己

自己是什麼樣子
老實說
也許是我已經忘了
也許是我還沒找到

現在的我們
練習學會　不想太多
不承載與自己無關的情緒
先從明白自己的喜怒哀樂做起

保持警覺

一個人對你果絕狠心
也許有一天你會感謝他
起碼他沒有浪費你太多時間
真正傷人的是
早就打定主意要分開
卻猶猶豫豫裹足不前
早上分開晚上和好
正是這樣的人　讓你面目全非
也忘記了自己的初衷

保持警覺
當這樣的人出現
就換你當個勇敢狠心的人吧

不同了

某些時候我們卡住了
滿身是傷卻再也無法往前
愛情　生活　事業　學業
不斷用習慣的方法努力嘗試
但卻怎麼樣都沒辦法前進

想找回從前的自己
卻忘記了
我們早已變得不一樣

在不同的人事時地物裡
不再糾結過去
有一天便能重新自泥濘中掙脫

稜角

當一個人不斷付出
到最後讓別人忘了你的喜好
也忘了怎麼愛你

並不是說付出就該要求回報
只是有時候最該愛的那個
也許是你自己
筋疲力竭的時候就停下
忍無可忍的時候適時離開
有稜有角的模樣
也讓人更明白該如何去愛

終究不是你

戴著面具久了
偶爾是不是也會好奇
真正的自己難道就沒人喜歡
就算只有幾個也好
那些會喜歡真正自己的人
又會是什麼樣子的呢

不卸下偽裝的話
就永遠不會知道

敵人

他從來不是你的敵人
其實從來都沒有敵人

我們並不需要打倒任何人
但我們可以讓他們知道

這世界上還有另一種
更美好的生活方式

優雅

比起不假思索地拒絕
也許是時候該學習
理性優雅地堅持自己

存在

怕被世界遺忘
於是不斷地參與
不屬於你的 party 活動和聚會
夜深人靜時開心不起來
好像也失去了自己
然而當你不在意世界的目光
你的存在就變得那麼自然
就像櫻花雖然受人追捧
身旁的野生雛菊仍舊可以
自在享受微風恣意地搖擺身姿
不用討好
也沒有人可以阻止
就是這樣自由地存在著

小事

「這只不過是些小事……」
然而人心的失望
往往就是從這些小事開始
你一步我一點
就逐漸疏遠了
率性不拘小節可以是一種性格
然而面對重要的人事物
終究還是需要細心經營的

解除追蹤

有時候寧願看廣告
也不想看到某些人的貼文
因為對方總是散發負能量
抑或是觀念根本不相同
該解除追蹤時就該用力點掉
點掉不必要的
才發現生命中其他的美好事物跳進你的頁面

斷捨離
永遠是人生一個重要課題

事不在你

當他想要誤會你時
有一百種方法能讓它發生
相反的
當他想解開誤會時
幾句話或一個點頭微笑
也能讓事情豁然開朗
明白很多事的發生
原因不一定在你
對於當下無法解決的事
不如就順其自然吧

你已忘記但我還記得的事

在人生的十字路口
我們分開了

再見到你的時候
卻發現已經像變了一個人
一切也都不一樣了

曾經的　故事　回憶
你笑著說你已不記得

也許是這個世界太沉重

為了長大　我們選擇忘記
包括夢想愛情和執著

但是……

我會為你好好記得
你已忘記的事
包括那個純粹美好的你
面對這個世界　那些殘酷與現實
我想
這就是我能給予的最大的祝福

屬於你的道路

真的不用勉強自己
去做一些令你痛苦的事
除非你剛好真心想有所改變
否則只是很吃力又很尷尬

你也有其他擅長的事
或是想要前往的方向
未必就沒有屬於你的道路
也有一種人生是
用力把擅長並且真心喜歡的
做到最好

競賽・價值

也許有時候
我們不一定喜歡　框架　成績　分數　競爭
因為那有所局限
但卻又必須存在
沒有競賽　拚搏　分數
不容易激發出更多的潛能
也不容易發現原來自己可以一次比一次好

可是當結局出現
你也必須知道

那個成績　分數　獎項
記錄的是某個當下
當時的情勢　心情　體能　運氣　各種原因
一切都好的時候可以是實力的體現

如若不然⋯⋯
它不能定義你真正的價值
也不能決定你未來還可以通往哪裡

這個標籤可以被賦予
你卻不能讓自己被那貼上
以為就只有這樣了

這大概就是人生有趣的地方
在各種心境的切換上
不斷保持警醒　保持信念
保持享受當下的快樂
每次的釋懷　勇敢　重新出發
大概就是人類之所以美麗
並且可以激發各種可能性的原因吧

種子

也許我們都是種子
不發芽的話可以封存幾個世紀
因有堅硬的殼
和柔軟的養分
既安全又舒適

但是那樣我們就沒有機會知道
經過痛苦掙扎萌芽之後
會看見的天空和彩虹
也不會明白

最後我們是長成一株美麗的花朵
抑或茁壯的大樹

如果我們是種子
萌芽就是我們的使命
封存幾個世紀
總有一天
要勇敢破繭而出的

閃閃發光

有多久沒有這樣靜靜跟自己待著
沒有等待誰
沒有期望什麼
因一首曲子落淚
為一篇樂章狂喜

那是真正的你
有一點夢想
有自己喜歡的事
有將會遇見的人

只是那樣平板的每日
讓你忘記了嗎

就算只有一瞬間也好
請想起來
那個曾經閃閃發光的你
然後不管能持續多久都好
用那樣的你去無畏地活著

谷底

只有跌到了谷底
你才會開始往上爬
當沒有人可以給予幫助
你只能挖掘自己內心的力量
最終發現
那些心底深處的聲音
才是真正能幫助你
面對一切的
勇氣

風箏的飛翔

像風箏一般
看似安心遨遊
受到綁線的拉扯和指引
而無法感受到真正的自由
唯有剪斷了繩子的那一刻
你才知道
到底想往哪裡飛翔

評斷

如果走累了
就找一個地方休憩
到沒有任何誰的地方
因為天空和樹木不會評斷你

等到你長得更大了
也許任何地方都可以自在休憩
因為那時你已明白
即便他們手指向你
甚至發出了聲音
他還是不能評斷你

其實只有自己能評斷你自己
你也不再想論斷任何人
只做個簡簡單單的你

難以開口

「好久不見
想你了」
這句話
怎麼變得這麼難說出口

曾幾何時
我們都長大了
最直接單純的感受
已經被自尊　自傲　比較　猜疑　所蒙蔽
也許還需要點時間
總有一天

我們會變回那個
簡單勇敢說著
好想念你
的那個我

就算最好的世界已經傾倒

每一天我們總是努力著
不論是面對現實或未來的焦慮
來自病毒的惶恐
與全球暖化的現況

盡可能奮力地前進著
雖然仍然會累
總有筋疲力竭的時候

就算真的
到最美好的世界都已經崩塌的那天
能夠擁有彼此
激發生存的勇氣與力量
一切也都不算太糟了

定義

我們總是在不斷追求
完美的外表
高貴潮流的衣飾
甚至是絕配的情人
彷彿那一切外在
才是定義你的象徵

卻忘記了
真正美好的
是促使你去追逐的
那顆勇敢而堅定的心

真正使你銘記於心的人
也不是因為對方的外表
身分或地位
而是觸動你勇敢去愛的
那一份純粹美好的感情

未來還是不會停下追尋的腳步
但請記得……
真正讓你勇於冒險的
是你早就擁有的那顆赤子之心

創新

關於慣例和行規
也許我們可以懷著尊重和禮貌的心情
但不代表所有創意和夢想
要就此停滯

如果永遠都只靠舊有思維
那麼這世界將不再有創新

隨緣・隨便

很多事是靠緣分沒錯
但我們總要努力守護一回
不論　夢想　友情　愛情　都是
總不能
對夢想毫不努力
對朋友漠不關心
對愛情從不經營
最後推說一句「沒有緣分」

若是總不用心
只怕隨緣不成
一生都只能隨便了

毫無懸念

「要是當時沒有這麼做就好了」

然而沒有選擇過
你也不會知道其中的代價

也許你感到後悔

但
就算有重新一次的機會
你可能還是會做出一樣的選擇
因為痛過
你才懂得了該往哪裡去

因此
就帶著這個有著傷疤的模樣
走向對你來說正確的道路吧

不用期待自己是透明無瑕的玻璃
打磨過後的你才越顯獨特可貴

這一次你就會毫無懸念地勇敢往前了

美麗田 171

如果我有勇氣失去你

作者－原子邦妮
出版者－大田出版有限公司
台北市一〇四四五中山北路二段二十六巷二號二樓
E-mail－titan@morningstar.com.tw http://www.titan3.com.tw
編輯部專線－（02）2562-1383 傳真：（02）2581-8761
總編輯－莊培園
副總編輯－蔡鳳儀
執行編輯－陳映璇
行政編輯－林珈羽
校對－金文蕙／黃素芬
內頁美術－陳柔含
初刷－二〇二二年一月十二日 定價：四二〇元
二刷－二〇二二年一月二十五日
網路書店－http://www.morningstar.com.tw（晨星網路書店）
TEL：04-23595819 FAX：04-23595493
購書Email－service@morningstar.com.tw
讀者專線－04-23595819 #230
郵政劃撥－15060393
印刷－上好印刷股份有限公司
國際書碼－978-986-179-700-7 CIP：863.55/110017604

填回函雙重禮
①立即送購書優惠券
②抽獎小禮物

國家圖書館出版品預行編目資料

如果我有勇氣失去你／原子邦妮 文字／攝影．
——初版——台北市：大田，2022.1
面；公分．——（美麗田；171）

ISBN 978-986-179-700-7（平裝）

863.55　　110017604